# 閨盗賊

沙野風結子

Splush文庫

contents

# プロローグ

敷石(しきいし)が整然と美しく並べられた川沿いの道。その明るい道をそぞろ歩きする人びとは、日曜礼拝を終えたところだ。男たちはトップハットにフロックコート姿、女たちはパラソルを手にしてヴィクトリアンスタイルのドレスをまとい、子供たちもそれぞれに着飾らされている。

上流中流階級に属する者は、こんな場面でも自分を売りこむ社交に余念がない。あちらこちらで歓談が繰(く)り広げられていた。

そんな人びとを横目に見ながら、レンは川沿いに並ぶマロニエの木陰(こかげ)を渡るようにひとり歩く。花の季節、マロニエは赤い小花の群れを円錐形(えんすいけい)に咲かせ、甘くて少しなまめかしいような匂(にお)いを漂わせる。

それに川から水の匂いもする。レンは川へと、そしてさらに対岸へと視線を向けた。

あちら側のことを、こちら側の住人は「貧民街」と呼ぶ。所得の高低が川で分けられているのだ。砂埃(さじん)に煙(けぶ)るあちら側を眺めながら歩いていると、左肩をぽんと叩(たた)かれた。赤毛の男が作り笑顔で話しかけてくる。

「ご機嫌(きげん)よう、サー・ノエルのところの坊(ぼっ)ちゃん」

金貸し業を営んでいるベイカーだ。

「家庭教師をなさってる教授が、坊ちゃんはたいそう優秀だと褒めておられましたよ。うちの息子と同じ学校に行かれてたら、いいライバルになっていたことでしょうな」

彼の息子はレンと同じ十四歳で、パブリックスクールの生徒だ。

本来ならレンも良家の子息がこぞって入る全寮制学校に入るはずだったのだが、大学教授を自宅に招いて個別教育を受けている。

「やっぱり、あれですかな。お父上から継いだ資質だけでなく、遠い血が混ざると優秀になるっていうやつですか。ゆくゆくは准男爵を継がれるわけですしな」

レンは黒々とした切れ長の目で、おもねるように胸の前で手を揉んでいる男を見上げた。すると男の顔に、怯む色と蔑む色とが同時に浮かぶ。

いまこのアッパークラスの人びとで満ちている通りで、こんなに黒い髪と目をしているのはレンだけだった。肌の色も黄桃のような色合いで、ひとりだけ違う。その違いを光の下で際立たせたくないから、こうして暗い場所を選んで歩いているのだ。

レンの母は、日本人だ。

母はレンが四歳のときに亡くなり、それから三年後に父は再婚した。

レンがパブリックスクールに入らなかった理由は、母の血と継母の考えによるものだった。

継母は東洋人との混血であるレンは劣った存在であると見做し、立派な英国紳士に育てるためには自分の監視下で厳しく教育する必要があると考えた。

「それで坊ちゃん、お父上はどちらにおられますかな？」

レンは無言で斜め前方を指差した。

かなり離れた道の真ん中を、父と継母と異母弟が歩いている。

父は明るいブラウンの髪、継母と弟は明るい金髪だ。七歳になる弟は、今年からパブリックスクールに入る。

「おお、聖女様もお揃いで」

ベイカーが継母の後ろ姿に、大仰に十字を切る。

継母は常に喪服のような黒いドレスを着て聖書を持ち歩いている。成功者の夫を持つ彼女はこの地区の婦人たちを集めては「聖書を読む会」を開く。

聖書に世界のすべての答えが書かれているという清教徒の流れを汲む、敬虔なクリスチャンなのだ。

彼女は自分にも他人にも厳しい。それ以上に、家族に対して厳しい。そして家族のうちでレンに対してもっとも厳しい。

東洋の血が強く出たレンは、彼女の目には穢れた存在に映るのだろう。黄色味のある肌の色を厭い、汚れてもいないのに手を洗うようにと命じる。そのせいでレンの手は水仕事をする女たちのそれよりも荒れていて、冬には酷いあかぎれを起こすのだった。

　ベイカーは用済みになったレンにはもう一瞥もくれずに、正統な三人家族のほうへと小走りに去っていった。

　レンの足取りはいっそう、のろいものになる。

　そして視線を頑なに対岸へと向けた。

　無法者が多くいるというあちら側を継母は「ソドム」と呼んで忌み嫌い、息子たちには川を渡ることをきつく禁じていた。

――……でも、継母様にとっては、僕もあちら側の存在なんだ。いくら手を洗っても、継母様の気に入ることはない。

　レンは左右の手指を交互に爪で引っ掻いた。冬のあいだに傷みきった肌が春の暖かさにじくじくと痛痒くなる。細かく罅割れた皮膚から血が滲みだしたころ、右手に橋が現れた。馬車が一台ぎりぎり通れる幅の木製の橋だ。

　頭で考えて決めたわけではない。

　気がついたときには、まるで対岸に引き寄せられるように橋を渡ってしまっていた。通り沿いには間口の狭いレンガ造りの家が雑然とひしめき合っている。

　継母の言いつけを破ってしまったことに震え上がり、レンは慌てて踵を返して、躓いた。道に深く刻まれた轍に足を取られたのだ。

風が吹き、砂埃が礼拝用の黒い服を這い登ってくる。

「……」

ひとつ、深呼吸をしてみる。混沌とした匂いが鼻の奥に満ちる。いつもはいくら息を吸ってもきちんと呼吸できていないみたいな息苦しさを覚えるのに、ちゃんと深呼吸することができた。

禁じられた場所にいるにもかかわらず、レンはなぜか気持ちも身体もふうっと軽くなるのを感じたのだった。

# 1

禁忌（きんき）というものは、いったん破ってしまえば次に破るときのハードルが低くなる。

レンは日曜礼拝のあとに川向こうに行ってしまったのを皮切りに、頻繁（ひんぱん）に橋を渡るようになった。

あの心身が軽くなる感覚を味わいたいのもあったが、継母の言いつけを破ることに密（ひそ）かな快感を覚えてもいた。

とはいえ、貧民街に長居することはなく、せいぜい十分ほどで戻るようにしていた。それだけでもレンにとっては大きな冒険だった。

だからその日も、ほんの十分だけの冒険のつもりで、日曜礼拝の帰りに橋を渡った。

早朝に雨が降ったせいで川向こうの土道はひどくぬかるんでいた。ただ歩くだけで泥に足を取られそうになる。レンは道の端（はし）に佇（たたず）み、目を閉じて深々と息を吸う。

肺がきちんと拡がって、空気が身体にいっぱい取りこまれていく。そうやってひたすら呼吸することに集中していたレンは、泥を小刻みに強く撥（は）ねる音にハッと我に返って目を開けた。

幌（ほろ）つき馬車を引く二頭の馬が、すぐ目の前まで迫っていた。

「う…うわぁぁ」

　避けようとして、踵（かかと）がずるりと滑る。そのまま泥道にどっと転げた。レンは慌てて立ち上がろうとしながらその人たちに告げた。

「ぼんやりしていてすみません。大丈夫ですから」

　ハンチング帽を被った男が手を伸ばしてくる。助け起こしてくれるのかと思いきや、首根っこをむんずと摑（つか）まれて泥道に頰（ほお）を押しつけられた。

「お前、准男爵んとこのガキだな」

「……」

　レンはなにが起こっているのか理解できないまま男を見る。

　もう片方の男が言う。

「この肌の色は間違いねぇ。最近こっち側にちょこちょこ来てるって噂（うわさ）は本当だったんだな。とっとと連れ帰ろうぜ」

「おう」

　男に荷物のように小脇にかかえられて、ようやく自分が拉致（らち）されようとしているのだとわかった。

「は、放してくださいっ！」

「ああ、ああ、放してやる。用がすんだらな」

男たちはゲラゲラ嗤いながらレンを荷台へと投げこんだ。叫ぼうとする口に猿轡を噛まされ、両手首を前で縛られる。両足首も縄で縛られた。馬車がガタガタの道を走りだす。

——どうして……。

荷台の床に転がされたレンは茫然自失状態に陥っていた。

ほんの少し、いつものようにほんの少しだけ冒険するつもりが、どうしてこんなことになっているのか。

——継母様の言いつけを破った罰？

神は継母が正しく、レンが間違っていると裁定を下し、天罰を与えることにしたのかもしれない。

——神様、もう二度と川を渡りません。だから、どうか五分前に戻してください。

頭が痛くなるほど懸命に祈ったけれども、神はなにも起こさなかった。馬車は泥を轢きながら小一時間ほども走りつづけた。

途中から雨が降りだし、荷台からかかえ下ろされたときには、まるで夜のようにあたりは暗かった。

連れてこられたのは、森のなかの双翼を持ついかめしい姿の邸だった。

どうやら打ち捨てられた邸らしく、窓から見えるカーテンはズタズタに破けていた。レンを拉致した男たちが意気揚々と正面扉から入っていくと、十数人の男たちが歓声をあげた。

「本当に金蔓を捕まえてきやがった！」

「お前ら、でかしたじゃねぇか！」

彼らは顔つきも言葉遣いも野蛮で、ホールの大理石の床に投げ落とされたレンは震え上がった。上体を引き起こされて、乱暴に猿轡を外された。

頬に大きな傷のある四十代なかばぐらいの髭面の男が、レンの前にしゃがみこんだ。眼光鋭く威圧感があり、彼がこの集団のまとめ役であるのはひと目で明らかだった。

「お前は、准男爵、サー・ノエルの息子か？」

答えないという選択肢はないように思われた。

「は…はい、そうです」

勇気を奮い起こして尋ねる。

「あ、あなた方は、何者ですか？」

「俺たちゃ、この界隈じゃ名の知れた盗賊団だ」

レンは目を見開く。

このところ悪辣な盗賊団が跋扈して荷馬車や船を襲っているという話を、父が警察官としていたのを思い出す。名称は確か……。

「翠(みどり)の翼」

言い当てられて、男たちが指笛を鳴らした。

「そうだ。その翠の翼ってぇやつで、俺は棟梁(とうりょう)のバイロンだ」

「――でも僕は、なにも、持っていません」

「そりゃそうだろうよ。だがな、貿易でボロ儲(もう)けしてるお前の親父さんはたんまり貯めこんでる」

「まさか父さんに」

「可愛(かわい)い息子の命が金で買えるんだ。泣いて感謝するだろうよ」

これは身代金目的の誘拐だったのだ。

自分のくだらない冒険のせいで、父にまで多大な迷惑をかけることになってしまう。

「……でも、どうなんだろう？

惑乱しながらも頭の片隅で考える。

父と継母と異母弟は、絵に描いたような完璧な家族だ。あそこに自分の居場所はない。

だから身代金は払われず、自分はこのまま見捨てられてしまうのかもしれない。

――僕は余計者なんだから。

惨(みじ)めな自嘲(じちょう)に口許が歪(ゆが)む。それが反抗的な笑いに見えたらしい。

「なにがおかしーんだよ、おらっ」

若い男がレンの頬に拳を叩きつけた。倒れて、側頭部を床に打ちつける。チカチカする視界のなか、その若い男が圧しかかってきた。礼拝服のジャケットの前ボタンが引き千切られる。ベストのうえから胸をまさぐられた。その手つきがとても気持ち悪い。

前で縛られた両手で男を押し退けようとする。

「な…にを？」

怯えながら問うと、嘲りが返ってきた。

「なにをって、決まってんだろ。てめぇは女の代わりをしてアンアンよがるんだよ」

身の毛がよだつ。まさかこの男は、自分を性的に辱めるつもりなのだろうか。

その性的なことというのも具体的になにをするのかは知らないが、とにかくとても罪深い行為で、伴侶とのあいだでも最低限しかしてはいけないのだと継母から教えられていた。

そして同性同士でする性的行為はことさら罪深いのだそうだ。

レンは必死に訴える。

「姦淫、姦淫は許されません！」

「こりゃいいや。敬虔な信徒のお坊ちゃんを輪姦せるなんて、最高だ」

面白がる男たちの手が身体中をまさぐってくる。衣類を破かれる甲高い音が次々にあがる。

「い…嫌、だっ」

レンはいまにも殺されようとする動物のように、死にもの狂いでもがいた。

「助けて……っ、誰か……神様ぁ……っ」

男たちがどっと嗤う。

「神様ぁだってよ」

「かみさまーかみさまー、たすけてーってか」

両手を合わせて拝むマネをしながら男が裏声で哀願してみせると、さらに嗤いが大きくなった。

レンは理解する。彼らは信仰心を欠片も持ちあわせていないのだ。

汝、盗むなかれ。汝、姦淫するなかれ。

それらは盗賊たちにとって、まったく無意味な文言なのだろう。

彼らにはなにを説いても伝わらない。自分はこの男たちに姦淫を強いられ、……取り返しがつかないほど汚されるのだ。どれだけ身体を洗ってもそれは落ちることなく、たとえ生きて家に帰れたとしても自分は生涯、罪の意識に苛まれつづけることになる。

――……それぐらいなら、いっそ。

レンを見下ろす男たちのうちのひとりの顔が引き攣った。大きな手に顎を摑まれて口を開かされる。

「っ、おい、こいつ舌嚙もうとしやがった！」

血の味がする。舌を嚙み切れないように口に布を突っこまれたうえで猿轡を嵌められた。

「たく、死ぬのは俺たちを愉しませて人質の役目を果たしてからにしやがれ」

自害に失敗したレンの身体にふたたび、男たちの手が這いまわる。衣類を剝くように乱されて、素肌にひんやりとした空気が触れる。胸を、脇腹を、下腹を、同時に撫でまわされていく。陰茎をぐっと握られた。

そこは排泄と入浴のとき以外は決して触ってはいけないと躾けられてきた。たまにそこがゾクゾクして無性に触れたい気持ちになるのだけれども、夜眠るときも両手を毛布の外に出していなければならず、継母は真夜中に何度もそれを確かめにレンの寝室を訪れた。寒い夜など知らないうちに毛布のなかに手を入れてしまっていて、激しく頰を叩かれて目を覚ましたこともあった。

そうやって、純潔であるようにと厳しく育てられてきたのに——。

「うー…うー……」

まるで引き千切ろうとするかのように、陰茎を根元から手の筒できつく伸ばされる。何度も何度も無骨な手に繊細な茎を擦られていく。

痛くて、気持ち悪くて、あまりの怖さに身体がガタガタ震えだす。

「——…う」

忙しなく瞬きする度に、涙が目から吹き零れる。

その液体に歪んだ視界のなかに、なにか明るいものが映った。レンは朦朧となりながらも、そこへと焦点を合わせようとする。

……それはしなやかな獣のような印象の、少年と青年のあいだぐらいの若者だった。

年齢はレンより三つか四つ、うえだろう。覆い被さってくる男たちの向こう側で、彼はひとり立ったままこちらを見下ろしていた。目が合う。鋭くて華やかな夏草色の眸だ。ランプの灯りに輝く金の髪は、わずかにうねって肩口にかかっている。スタンドカラーのシャツのうえにベストの前を留めずに羽織り、周りの男たちと大差ない服装のはずなのに奇妙なほど際立って見える。

ここはあまりに薄暗くて、この行為があまりに薄汚いから、自分が幻でも生み出したのかとレンは思う。

瞬きも忘れてひたすら、いまここにあるもので唯一の綺麗な存在を凝視する。

けれどもふいにその姿が見えなくなった。やたら身体の大きな男がレンに覆い被さってきたのだ。いつの間にか下肢を裸にされ、足首の拘束も解かれていた。腿を鷲掴みにされて押し拡げられる。脚のあいだをなにか硬いもので潰される感触に、レンは猿轡の下でくぐもった悲鳴をあげた。絶望に目を固く閉じる。

しかし急に自分にかかる男の重さがすべて消えた。怖くて目を開けられずにいると身体がふわりと浮き上がった。背中と膝裏に腕を通されて抱き上げられたらしい。耳元で強い声が宣言した。

「こいつは俺の専用にする」

周りで不満の声があがる。

「そりゃあないですぜ、カイル様」

「俺がそうすると言ってるんだ。いいだろ、親父」

すると、棟梁の声がホールに響いた。

「こいつが食指を動かすのは珍しい。今回は大目に見てやってくれ。代わりに商売女をいくらでも調達してやる」

レンを女の代用品にしようとしただけで、本物の女に越したことはないらしい。男たちの関心は一気にそちらへと流れていった。

棟梁の息子らしき人物は、レンを抱きかかえたまま階段を上りはじめた。

いまだにレンは目を瞑(つぶ)ったまま震えていた。

複数の男たちからは逃(のが)れられたものの、この男は自分専用にすると言った。要するに、性的なことをしようとしているのだ。事態はまったく解決していない。

ドアの古びた蝶番(ちょうつがい)が鳴る音がする。どこか部屋に入ったらしい。身体を放り投げられる感覚に目を見開く。ベッドのうえに落下したとたん、肩を摑まれて俯(うつぶ)せにされた。背後から男に身体を重ねられて、レンは拘束されたままの手で必死に敷布を掻き、もがき逃げようとする。

「ん、んんん、んん」

猿轡の下で拒絶の悲鳴を繰り返す。

「こら、暴れるなよ」

いくらか掠れた甘みのある声が説き伏せようとしてくる。

「その小さい頭を使ってよく考えてみろ。あいつら全員に犯されるより、俺ひとりを相手にしてたほうが楽だろ」

レンは激しく首を横に振る。

「大丈夫だ。気持ちよくしてやるから」

違う。気持ちいいのは、いけないことなのだ。

レンは全力を振り絞って男の下から這い出て、床に転がり落ちた。どうすればいいのか。どこに逃げればいいのか。階段を下りてもそこには野蛮な男たちしかいない。

ズタズタのカーテンがぶら下がった腰高窓が薄っすらと陽光を点していた。雨はいつの間にかやんだらしい。その窓へと、レンは走った。鏬割れた両開き窓を押し開けて身を乗り出す。そのまま空中に飛ぼうとしたところで、後ろから男に抱きすくめられた。

「っ、バカがっ」

「んんん！」

男が溜め息をついて、レンの顎を摑んだ。彼へと顔を上げさせられる。

「――」

夏草色の眸と金の髪。

さっき幻かと思った若者が、目の前にいた。

口許や輪郭が力強くて荒々しさのある顔つきをしているものの、鼻梁はくっきりと美しく通り、鮮やかなラインを描く眉には聡明さが漂う。

「わかった。無理やりは犯さない。だから、飛び降りるな。いいな」

不信の眼差しを向けると、摑まれた顎を強く揺さぶられた。

「いいなっ」

頭がぐらぐらして、思わず頷いてしまう。

「よし。舌も噛むな。噛まないなら猿轡を外してやる」

今度は強く何度も頷く。

そして猿轡を外されたとたん、レンは男に要求した。

「いまのことを、神様に誓ってください。僕を、その――穢さないと」

若者が呆れた顔をしてから棒読みで誓う。

「天にまします我らの父よ。俺はこの面倒くさいガキを犯しません」

初めから十戒の「汝、盗むなかれ」を破っている盗賊なのだから誓いなど意味をなさないのだろうが、それでもレンは少しだけ安心することができた。

若者はレンをベッドに座らせて、手首の縄を解きながら脅（おど）した。

「ここは深い森のなかで、いくつもの盗賊団のねぐらがある。脱走したところでそいつらの餌食（えじき）になるだけだから、逃げようなんて思うな。いいな」

「……」

「お前なぁ。いいから、お前の大好きな神様に誓え」

逡巡（しゅんじゅん）したのち、レンは両手を胸の前で合わせて目を閉じた。

「天にまします我らの父よ。僕はこのソドムの館から逃げないことを誓います。アーメン」

右手で丁寧（ていねい）に十字を切る。

また空に暗い雲が広がりだしていた。ナイトテーブルのランプに火を入れながら若者が苦笑いする。

「大体、神ってのは自殺を禁じてんだろ。それなのに簡単に舌噛んだり飛び降りようとしたり、お前はいったいなんなんだ」

確かに自殺は天国の門をくぐれなくなるほどの大罪だけれども。

「僕、は――僕は、汚れられないから」

最後の審判のときに天国の門をくぐれなくなることよりも、いまこの世で継母から完全に排斥（はいせき）されることのほうが、レンにとっては現実的で恐ろしい。

若者が横に腰を下ろして後ろ手をつき、長躯を悠々と伸ばす。

「なんだ。神父にでもなりたいのか？」

「違います。できれば、父さんの跡を継ぎたいです」

父は食料品や織物、宝石などさまざまなものを流通させている。その傍らで、カラクリ人形だとか不思議なものも多く取り扱っていて、レンはそれらを眺めるのが大好きだった。

「ふーん。貿易商になりたいのか。けど、貿易商なんて海千山千だぜ？　お前みたいなのは食い物にされるのがオチだ」

「……海千山千なんて盗賊をやってる人に言われたくありません」

強張った顔で呟くと、若者が噴き出して明るい声で笑った。

「そりゃそーだ」

レンはちょっとびっくりして横を見た。

こんなふうに屈託なく笑う人を見たことがなかったのだ。レンの属する社会では、こういう笑い方は下品とされている。

楽しそうに煌めく眸がまっすぐ見詰めてくる。

「俺はカイル。カイル・バイロン。翠の翼の棟梁の息子だ」

レンは慌てて自己紹介し返す。

「レン・ノエルです」

「年は？　俺は十七」

「十四歳です」

「えっ、十四なのか？」

カイルが上体を寄せて、レンのことをじろじろと見る。

「東洋人の年はわかりにくいなぁ」

あんまり見詰めてくるから、レンは心地悪くなって目を伏せた。するとカイルがさらに顔を近づけてきた。近すぎて顔をそむけると、顎をやんわりと摑まれる。

「なあ。舌、見せろよ。さっき嚙んだとこ、どんなになってるか確かめてやる」

出血は止まっているようだが、実のところ舌がずっと重く痛んでいた。どんな状態なのか自分でも気になって、レンはおずおずと舌を出した。

「もう少し出せ。そうそう――あー、ちょっと痛そうだな」

金の眉がわずかに歪むのをレンは見る。夏草色の眸にかかる睫毛も金色だ。まるで金細工で縁取りされたエメラルドのようで。

その眸がレンの眸を見返してきた。そのまま、宝石そのままの煌めきが迫ってくる。

出したままの舌に、ぬるりとしたやわらかなものが触れた。湿った音がして、舌のうえでなにかが蠢く。

「ん…っ」

「傷口を舐めて手当てしてやってるだけだ。自分じゃ舐められないだろ」

確かに、自分で自分の舌は舐められない。

傷口を舐めるのは獣の作法だと継母には禁じられていたが、カイルは彼のやり方で治療しようとしているのだろう。レンはぎゅっと目を閉じて、出した舌の表面と裏側を舐められる感触に耐えた。

ずいぶんと長いあいだ舐めてから、ようやくカイルが顔を離した。

「どうだ？　気持ちよかったか？」

尋ねられて、レンはきっぱりと答える。

「大丈夫です。気持ち悪かったです」

カイルが目を大きくしばたたいてから、「気持ち悪いってなんだよ。ひでぇな」とぼやく。

「あの、でも痛みは減った気がします」

正確には舌がいまだにこそばゆくてたまらなくて、痛みがそこに埋没してしまっている感じだ。

「そっか。なら、いいか」

肩をすくめて見せてから、カイルがベストを脱いだ。続けて、スタンドカラーのシャツのボタンを外しだす。

「お前も脱げ」

「……え」

咄嗟にレンはあちこち破れた黒いジャケットの前を掻き合わせた。怯えた目を向けると、上半身裸になったカイルが苦笑する。

「手は出さないにしても、裸で同衾ぐらいしとかないと俺専用って言い張れないだろ。なかには女よりも男のガキが好きな奴もいるからな」

カイルはまだ話が通じるようだが、ほかの男たちはケダモノそのものだ。ここは彼の言うことを聞いておくほうがいいに違いない。

レンはもぞもぞと衣類の残骸から腕を抜いた。しかし全裸になるととても心細くて、両膝をきつく腕で抱いてベッドのうえで身体を小さくした。

「毛布に入っとけ」

言われたとおりレンは黴臭い毛布のなかへと身体を滑りこませた。しかしこんな時でもいつもの習慣で、両手は毛布のうえに出しておく。そうして胸元で毛布をくしゃくしゃに握り締めた。

スラックスを脱ぐカイルの姿を見ないように、壁のほうへと視線を向ける。

本当に、カイルは誓いを守ってくれるのだろうか？　彼を信じて無防備な姿になってしまったのは間違っていたのではないか？

心臓が痛くなってくる。

カイルがベッドに乗ってきた。毛布を引っ張られる。

「半分よこせ」

慌てて毛布を握り締めていた手を開くと、大きな裸体が横に滑りこんできた。素肌が触れ合う。レンはビクッとしてベッドの奥へと身体を寄せた。頑なに壁のほうに顔を向けていると、訊かれた。

「なんで腕を出してるんだ？　寒いだろ」

春も終わりの時期だったが今日は雨も降って空気が冷えている。

「平気です」

「ふーん？」

すぐ近くから翠の眸がこちらを見ているのを感じる。毛布のなかに人肌のぬくもりがほのかに拡がりだす。そうすると、出している腕がとても冷えているのが感じられた。

「なあ、やっぱり寒いだろ？」

「寒くありません」

「鳥肌たってるぞ」

大きな掌に、痩せた二の腕の外側をさすられる。そこに熱が生まれる。

「……触らないでください」

でも、温かい。

人の手とはこんなに温かいものだっただろうか。そういえば亡くなった母は、こんなふうによく撫でてくれた。

腕を退かなければと思うのに、撫でられるままになってしまう。

懐かしい安堵感――もう二度と味わえないと思っていた安堵感を、こんな盗賊の根城で盗賊相手に感じているのは、とても奇妙だ。

「眠そうだな。いいぞ、眠って」

上下の睫毛が、くっつきそうになっていた。頑張って瞼を上げようとするけれども、毛布のなかも左腕も温かくて、もう抗えなくなる。

ほんの数時間のうちにあり得ないようなことが次から次へと起こったのだ。張り詰めていた気持ちが端から崩れだす。崩れだしたら、止まらなくなった。

――少しだけ……。

ほんの一分だけ、目を閉じよう。

その一分がいったい何十分になったのか。何時間になったのか。

蝶番が鳴る耳障りな音でレンは目を覚ました。自分がどこにいるのかすぐにわからなかった。わからないうちに、肩を長い腕にぐいと抱かれた。耳元で囁かれる。

「お前は寝ているふりをしておけ」

仰向けになっているその人の肩口に、顔を埋めさせられる。

「カイル様、そろそろ晩飯の時間でさぁ」

しゃがれ声の男の言葉で思い出す。

いま自分を抱き締めているのはカイル・バイロンという若者で、自分は盗賊団に身代金目的で誘拐されたのだ。

「今日はここで食べる。こいつのぶんも運んでくれ。酒と熱い紅茶もな」

「はいよ」と返事をしたあと、下卑た声が尋ねた。

「で、そのガキの具合はどんなもんで？」

「貧相な身体で大して面白くもないが、まぁ暇潰しにはなる」

男は興味が失せたように「さいですか」と返すと部屋を出て行った。

「もう大丈夫だ」

そう告げられて、レンはぼんやりと目を開く。

肌が……全裸の肌同士が、ぴったりとくっついている。皮膚など自分にもあるものなのに、カイルのそれは張り詰めていて熱量が高い。その熱が感染ったのか、彼の肩口に寄せている頬が火照っていた。

「レン？」

名前を呼ばれて、レンは視線を上げた。心配そうに覗きこんでくる眸が驚くほど近くにある。男の吐息が額にかかる。

なんだか風邪をひいたときみたいな感じだ。

頭の奥がくらくらして、背筋がざわざわする。重たい瞼でのろのろと瞬きしながらカイルを見詰めつづけると、ふいに翠の眸が眇められた。

肩を抱かれたまま、身体が横転する。上下逆になるかたちでカイルが圧しかかってきた。男のなまなましい重みで我に返る。

裸の身体をくっつけていることが、急に恥ずかしくてたまらなくなった。

「あの、どいて、ください」

肩を押してどかそうとするのに、どいてくれない。首筋に熱い息をかけられる。

「周りの奴らに、お前が俺のものだってわかるように印をつけておく。お守りみたいなもんだ」

お守りならば、もらっておいたほうがいいのかもしれない。レンは抵抗をやめて、身を硬くした。首筋に温かくてやわらかなものが押しつけられる。

——……これ、唇？

続けて、肌を吸われているらしい痛みが起こった。

「……、…」

痛くて熱い。それに、少しくすぐったい。レンは眉根をきゅっと寄せ、強張る肩をすくめて我慢する。

唇が離れたあとも首筋がジンジンしていた。

「これのどこが、お守りなんですか？」

「ああ。こういうこと」

今度は手首を摑まれて、静脈が透ける腕の内側に唇を押しつけられた。きつく吸われる。吸われた場所に赤い鬱血の跡がついた。これを首筋につけられたのだ。

「……スタンプみたい」

呟くと、カイルが笑う。

「まぁ、そうだな。スタンプだ。このスタンプがついてると、ほかの奴らはお前に手を出しにくくなる」

「そうなんですか」

よくわからないけれども、そういう効果があるのならありがたい。レンは神妙な顔でカイルに礼を言う。

「ありがとうございます」

しかしなぜか、カイルは喉をぐっと小さく鳴らして黙りこんだ。どうしたのかと見詰めていると、カイルがレンのうえで四肢をつくかたちで身体を浮かせた。

そうして、顔を、肩を、胸を、臍を、無言でゆっくりと見られていく。そこからさらに視線が下がる。陰茎を見られているのがわかって、レンは顔が熱くなるのを感じる。自然と腿が寄り、膝を少し立てる。まだ、ほっそりとした茎を見られている。レンはみぞおちを緊張に震わせた。

「あ…あの…」

カイルの視線がゆっくりと身体を這いまわりながら上がってくる。最後に眸を見詰められた。

「お前、綺麗だな」

「――」

「顔だけじゃなくて、身体も綺麗だ」

なにを言っているのだろう。

レンはすっとした眉をしならせた。

「僕をバカにして楽しいんですか」

カイルが驚いた顔をする。

「俺がいつバカにしたんだ?」

「いまです。綺麗とか――こんな、どこも綺麗じゃないのに」

擦り剝けるほど洗っても、この肌の色は周りの人たちのように白くならない。いかにも東洋人らしい一重瞼、隆起の乏しい鼻、まるで不吉なカラスみたいに黒すぎる目と髪。

「僕、は、なにもかもが汚れてる。初めから汚れてるから、もうこれ以上は絶対に、汚れちゃいけないんだ」

目に滲む涙を、腕で拭う。

どうして自分はこんな犯罪者の前で、誰にも言ったことのない弱みを口にして泣いているのだろう。変なのに、涙が止まらなくなる。

顔を交差させた腕で隠す。声を押し殺して泣いていると、カイルが覆い被さるようにそっと抱き締めてきた。頭を撫でられる。自分の陰茎が彼の肌に潰され、彼の陰茎が腿に当たっているのを感じる。とても温かくて、不思議な安堵が胸に溜まっていく。

自然と嗚咽（おえつ）が治まって、レンは緩（ゆる）んだ溜め息をついた。

カイルがうえからどいて、並んで横になる。

そうして慎重に言葉を選ぶように言った。

「俺は本当にお前のこと——その、そうだな。お前はけっこう、俺の好みってことだ。それならいいだろ」

今度は泣くなよ、という目つきでちらちら見られて、レンは小声で返す。

「それなら、いいです」

## 2

丸い天板の瀟洒なテーブルに、大きく切り分けられたマデイラケーキと香りのいい紅茶が置かれる。

「アフタヌーンティーだ」

カイルに手招きされて、窓から外を見ていたレンは表情を硬くした。

昨日の昼前に連れ去られて、すでに丸一日以上がたっていた。昨日の時点ではパニック状態のせいもあってか、やたらと感情的になってしまったが、改めて思い返せばすべては盗賊団「翠の翼」の悪事から始まったことなのだ。

この年の近い男に裸を見られたことも涙を見られたことも、いまさらながらに恥ずかしくて気まずくて口惜しくなっていた。

ふたたびカイルが声をかけてくる。

「来いよ。腹減っただろ」

身代金目当ての人質であるものの、昨夜は肉のたっぷり入ったパイとスープを出され、今朝もパンとソーセージとチーズがこの部屋に運ばれてきた。昼食はなかったので、確かに空腹を覚えてはいる。

レンは昨日連れこまれたこの部屋――どうやら、カイル専用の部屋らしい――で、拉致生活を送ることになったようだった。今朝になってぶかぶかだがシャツとスラックスも与えられた。

昨夜、首筋につけられた「スタンプ」は盗賊たちに効果を発揮（はっき）した。

カイルが外出しているあいだにひとりの男がちょっかいを出しにきたのだが、赤い吸い跡を見せると退散したのだ。

しかし盗賊に懐柔されるわけにはいかない。そう気持ちを引き締めたのに、腹がキューーッと鳴ってしまう。カイルが笑いながら近づいてきて、レンをなかばかかえるようにしてテーブルへと連れていき、椅子（いす）に座らせた。

「とにかく食え。ほら」

指でちぎったマデイラケーキの欠片を口に押しこまれる。

「ん…む」

かすかにレモンの香りがして、品のいい味わいが口中に拡がった。レンの家ではよく朝食に継母が焼いたマデイラケーキが出てくるのだが、それよりも断然、食感も味もいい。

「焼きたてだ。うまいだろ」

カイルが椅子に腰掛けながら続ける。

「うちには腕のいい料理人がいるんだ。昨日の晩飯だって、そいつが作ったんだぜ」

昨夜のスープもパイも香辛料がよく利いていて、食欲をそそる風味豊かなものだった。

マデイラケーキをひと口食べてしまったら我慢できなくなって、レンは不承不承という顔をしながらも自分で食べはじめる。

「気に入ったみたいだな。まぁ食材は盗品だけどな」

「……」

思わずフォークを止めたレンをにやにや顔で眺めながらカイルが言う。

「俺たちは盗賊だからな。盗んだものか、盗んだ金で買ったものだ」

レンは厳しい表情で詰る。

「人のものを盗むことは罪だと十戒でも教えられています。それなのに、なぜあなたは盗むのですか?」

「家業だからな。お前の親父が貿易商で、お前も貿易商になりたいのと同じだ」

「それとは違います!」

「どう違う?」

「父は神の教えを守って商売をしています。あなたは違う」

蜂蜜を紅茶に溶かしながらカイルがさらりと言う。

「それは俺とお前の住んでる世界が違うってだけのことだ」

レンはそれ以上、否定することができなくなってしまった。

そしてなぜか少し寂しい気持ちになった。

黙りこんでしまうとカイルが興味深そうに訊いてきた。

「なあ。お前の母親は、どんな女だ？　東洋人だろ」

「……、母さんは十年前に亡くなりました。四歳だったので、あまりよく覚えていません」

母の遺品は継母が捨ててしまった。写真もすべてだ。そして、白人である父を誑かした東洋の女を醜くて汚らわしい異教徒として――母は洗礼も受けたクリスチャンだったが――レンに繰り返し語った。

「母さんは――、まともな女性ではなかったそうです」

「んー。逆にまともって、どんな女だ？」

「僕の継母のような人です。周りから尊敬されるほど敬虔なクリスチャンなんです。継母はいつも、僕の母は貞淑な女性ではなかったと言います」

スプーンにへばりついた、紅茶に溶けそこなった蜂蜜をカイルがしゃぶり取る。もし継母の前でそんな行儀の悪いことをしたら、汚いとどれだけ怒られることか。自分だけが怒られるのではなく、亡き母まで貶されるのだ。それが父が再婚した七歳のころから、なによりもつらかった。

自分が非の打ちどころのないいい子になれば、そのうち継母が母のことも肯定してくれるのではないか……幼いころは真剣にそう思っていた。そしていまでも、心にその期待がへばりついていて、消えない。

「お前の母親は、どうやって親父さんと出会ったんだ？」

「祖父は日本人の商人で、母さんは祖父の手伝いをしながら海を渡ってイギリスに来たそうです。それで貿易商を営む父と知り合って」

「へぇ」

カイルが面白がる表情をする。

「格好いい女だったわけだ」

「――格好いい？」

「そうだろ。東の果てから海を渡ってきて男を射止めるなんて、最高に格好いいじゃないか」

「……」

そんなふうに、これまで一度も考えたことがなかった。

継母の尺度からは外れていたとしても、肯定してくれる人も世のなかにはいるのだ。たとえそれが盗賊であったとしても、レンは少しだけ救われた気持ちになったのだった。

夜も更けて、階下からは売春婦と盗賊たちの歌声や笑い声が聞こえている。

「もう寝るぞ。服を脱げ」

今夜もそうカイルに言われて、レンはもぞもぞと服を脱ぎだす。

ここに連れ去られてから五日が過ぎた。そして毎晩、レンは裸でカイルと同じベッドに入り、肌にスタンプを押されるのだ。そうやって自分がカイルのものだと示すことで身の安全は守られる。

そうわかってはいるけれども……。

毛布を被って裸でベッドに横たわると、やはり裸になったカイルが毛布に入り、覆い被さってくる。逞しい腿が、レンの脚のあいだを割る。

陰茎同士がくっつく。首筋に熱い息がかかる。カイルの唇が肌を這い、新たに吸う場所をさぐる。

吸いやすいように首筋を伸ばして顔を横に向けながらレンは涙ぐむ。

どうしてだか、心臓が苦しくなるのだ。

今日は鎖骨の近くで唇が定まった。啜るように肌を吸われて、背筋に甘い痺れが走る。

その痺れがどんどん腰のほうに溜まっていく。ようやく終わったかと思うと、カイルの唇が胸へと流れた。

「……、……」

レンは下唇を噛んで、涙目で見下ろす。

薄い色の乳首のすぐ横を吸われていた。

初めの晩は首筋だけだったのに、スタンプを押される場所は一日一ヶ所ずつ場所を増やしている。きっと今晩は五ヶ所に跡をつけられるのだ。

まるでそこを吸われているみたいに、小さな乳首が尖っていく。自分の胸なのに、それがとてもいやらしく感じられた。

胸から今度はみぞおちに唇が這い、そこを赤くなるまで吸う。

レンは乱れる呼吸を懸命に噛み殺す。

みぞおちの次は、皮膚をツンと張った腰骨だ。骨を咥えるようにされると、そのあたりに溜まっていた痺れが倍増する。吸われると、その痺れが身体の外に漏れてしまいそうな体感に襲われた。

今日は左の腰骨だが、昨日、右の腰骨を吸われたときもこうなったのだ。でも昨日は四ヶ所だったからそこでおしまいだった。

カイルが顔を上げる。

そして最後はどこにつけようかと視線をレンの身体に這いまわらせる。その視線が下腹で留まる。釣られてレンもそこを見て、目を瞠った。

茎の様子がいつもと違っていたのだ。腫(は)れて、先端を宙に浮かしている。その先端がランプの灯りを弾いているのは、濡れているかららしい。

「え…、どうして」

十四歳にもなって粗相(そそう)をしてしまったのかと、レンは青ざめて茎を両手で隠した。

「ごめんなさい、僕——」

カイルと視線が合う。その夏草色の眸がランプの光を弾く。まるで濡れているみたいに。

抑えた声で尋ねられた。

「気持ちいいんだな？」

レンは慌てて首を横に大きく振った。

「ち、違います。気持ちよくありません」

気持ちいいのは、ふしだらないけないことだと、継母から刷(す)りこまれている。それが男の排泄器官と関係があるらしいことは薄々わかってはいた。

でもどうしてこんなに茎が腫れて熱くなっているのだろう。病気なのかもしれない。いや、気持ちよくなってしまったことへの天罰なのかもしれない。

カイルに抱き締められると、なぜか安心する。カイルに肌を吸われると、なぜか気持ちよくなってしまう。

でもきっと、それはとても間違ったことなのだ。

「今日、は」

レンは震える声で訴える。

「今日はもう、やめて、ください」

カイルが目をそっと眇めてから、身体を下にずらした。左膝の裏側に手を差しこまれる。

「い…や」

股(また)を淫(みだ)らに開くかたちで、左脚を上げさせられた。そして、その開かれた場所へとカイルが顔を伏せる。

腿の内側に唇を押しつけられて、レンは身体を引き攣らせた。跡をつける場所を探すように、何度も肌を啄(ついば)まれる。

「…、ん…」

脚の狭間(はざま)に限りなく近い内腿深くで唇が止まった。熱い唇がそこを吸いだす。

「——、——」

自分の手の下で茎が硬くなって、手がびしょびしょに濡れていく。なんとか漏れる液を止めようと、茎を両手できつく握り締めた。指の狭間から透明な蜜(みつ)がじゅくりと溢(あふ)れる。

とても長い時間、肌を吸ってから、カイルが身体を起こした。

レンはめくれてしまっていた毛布を引き寄せて下肢を隠した。真っ赤な顔で口角を下げて泣くのを堪(こら)えていると、カイルが顔の横に手をついて覆い被さってきた。間近から見下ろされる。

　甘い声に訊かれた。

「どうだ？　気持ちよかったか？」

　気持ち……よかった。でもそれを認めるわけにはいかないから、ブンブンと顔を横に振る。

「でもお前の身体は」

　カイルの声に被せて、涙声で呟く。

「身体が変になって、気持ち、悪い。こんな……腫れて、お漏らしして――どうしよう」

　不安に負けて、涙が目から零れ落ちた。

　するとカイルが慌てたように頭を撫でてきた。

「なにも変じゃない。普通だ。……って、お前まだなのか」

「まだって、なにが、ですか」

「だからその」

　カイルが言葉を区切って「俺なんか十二で女と」などとごにょごにょ言ってから、改めてレンに話しかけてきた。

「お前のペニスが腫れたのは、男なら普通のことだ。なにも問題はない」

「そんなはずありません。こんな、こんなにお漏らしが、止まらない――きっと、きっと天罰なんです」

「いや、天罰じゃないって」

「どうして天罰じゃないって言えるんですかっ」

「えーっと、だからな」

カイルがレンの横に座りなおして胡坐（あぐら）をかいた。そして自身の下腹を指差す。

「ほらな。俺のも変わらないだろ」

レンは示されたものへと視線を向けて、大きく瞬きした。思わず呟く。

「ぜんぜん、違う」

同じ男の器官とは思えないほど、それは本当にまったくレンのものとは違っていた。

レンの手首より太くて、樹木の幹を思わせるような長いものがそそり立っていた。表面には複雑に筋（すじ）が這いまわっている。

「僕のはこんなんじゃありません」

「でも腫れて、濡れてるだろ」

レンが凝視しているものが新たな蜜を先端から溢れさせた。改めてよく観察してみる。

あまりにもサイズや猛々（たけだけ）しさが違うけれども。

「確かに、症状は似ているみたいです」

「症状って――だから病気とかじゃない。男が気持ちよくなると、こうなるんだ」

「ち、違います！　僕は気持ちよくありません」

血相を変えて反論すると、カイルが参ったなというふうに耳のうえを掻いた。

「もっと気持ちよくなって楽になる方法を教えてやろうと思ったんだけどな」

「けっこうです」

「まぁ、そのうち治まるから寝てろ」

そう言い残して、カイルはスラックスだけ穿いて部屋を出て行ってしまった。

レンは仰向けになって毛布を胸元まで引き上げた。腫れた性器が毛布に当たらないように、両膝を深く折って立てる。そうしていつものように両手は毛布のうえに出す。

天井を睨んで息をひそめていると、少しずつ下腹部が突っ張る感触が緩んできた。落ち着いたころ、カイルが木のトレーを手に戻ってきた。

ベッドの縁に腰掛けた彼が、トレーから布を取る。そして、陰茎から出た体液で汚れた手を綺麗に拭いてくれた。布は湯で絞ったらしく温かい。拭きながら、カイルは少し苦い顔をしている。

「お前の腕はいつも冷たいな。ちゃんと毛布に入れないからだぞ」

「それはいけないことだと継母様に言われています」

「そういう躾をする家があるのは知ってる。けどな、ペニスをいじって気持ちよくなって、なにが悪いんだ？」

「それは人間を創られた神様が、姦淫を禁じているからです」

「気持ちよくなる身体を与えておいて禁じるなんて、根性悪すぎだろ」

神についてそんな文句のつけ方をするなんて、どれだけ傲慢(ごうまん)なんだとレンは呆れる。

……でも、少し小気味よさを覚えてしまっているのも事実だった。

カイルにとっては神様の決めたルールも世間のルールも、関係ないのだ。そういうものを易々(やすやす)と踏(ふ)み破り、好きなように生きている。

逞しくて、人間としては間違っているけれども、生き物としては正しいような――なんとなく、カイルにとって盗む行為は動物の狩りに近い気がして、それならば少しは理解できるような気がした。

レンの手を綺麗にすると、カイルは今度はトレーから小さな木の器を持ち上げた。その中身を両の掌に垂らして馴染(なじ)ませてから、レンの左手を包むように握ってきた。

「なん、ですか」

とろりとしたものを手に塗りこまれていく。

「蜂蜜を溶かしたオイルだ。肌にいい」

洗いすぎでガサガサになった、みすぼらしい手。それをカイルに見られていたのだと思うと惨めな気持ちになった。

オイルを足しながら指の一本一本まで握ってくれる。

左手が終わってから右手も同様に、優しくて大きな手にたくさん撫でてもらう。指の股をくすぐるようにされて、こそばゆさが腕を這い登る。

とても——とても、気持ちいい。

オイルを塗り終えてから、カイルがランプの灯りを消して毛布のなかに入ってくる。

「おやすみ、レン」

「……おやすみなさい」

ひと呼吸置いてから、レンは小声でつけ足す。

「ありがとうございます」

暗くて表情は見えないけれども、カイルが笑ったのが気配でわかった。そして独り言のように。

「お前は本当に可愛いな」

自分の顔が赤くなるのをレンは感じる。

カイルの寝息を聞きながら、たくさん撫でられた両手をそっと握り合わせる。

身代金の交渉がうまくいっていないらしいことは、すでになんとなくわかっていた。それが目的の誘拐だったのだから、父にはとっくに金銭の要求をしているに違いない。けれども、なにも起こらないまま五日が過ぎてしまった。

失望しなかった、と言えば嘘になる。

でも父が——というより継母が取り引きを渋ることは初めから想像がついていた。

このまま見捨てられるのかもしれない。

——そうなったら、どうなるんだろう？

殺されるのだろうか。

それとも……、レンはそっと横の男を見る。

——僕を、連れて行ってくれないかな…。

そう胸で呟いたとたん、なんだか急に身体が浮き上がるような錯覚に囚われた。

橋を渡ることすら禁じられていた自分が、カイルと一緒にいろんな土地に行くのだ。そうしたらもう息苦しさを覚えることなく、ずっと肺いっぱいに空気を吸えるだろう。

盗賊になるのだから神の教えを破ることになる。

それでも、これまでのすべてを捨てて、カイルの世界に身を投げこむのだ。想像しだしたらどんどん気持ちが昂ぶって、居ても立ってもいられなくなった。

明日——明日、カイルにお願いしてみよう。

心も手もぽかぽかと温かくて、そこから眠気がじんわりと身体中に拡がっていった。

3

昨夜ベッドのなかで思いついたことを朝一番にカイルに頼むつもりでいたのに、レンが目を覚ましたころにはカイルはすでに外出してしまっていた。ひとりで食事をして、しとしとと雨の降る森を眺めながら帰りを待ち侘(わ)びた。

しかし夕食もひとりぼっちで取ることになり、結局カイルが部屋に帰ってきたのは、レンが眠気に耐えられなくてベッドに入ってからだった。

うつらうつらしていたレンは寝ぼけまなこでカイルの姿を見つけると、ベッドに起き上がった。

「おかえりなさい」

「ああ、ただいま」

カイルがベッドの縁に腰掛けて、レンの頭を撫でる。音はしないけれども、まだ雨が降りつづいているらしい。彼からは水の匂いがした。

――なにか……なにか、言うつもりだったんだけど。

眠くて頭が朦朧としていて、思い出せない。

――そうだ。寝る前に、してもらわないと。

　レンは着たままだったシャツのボタンをたどたどしい手つきで外していく。甘い期待に指先が震える。

「スタンプ……、押して、ください」

　すると、ボタンを外す手をそっと大きな手に包まれた。

　カイルの顔にはいつもの明るさがなかった。沈んだ寂しそうな表情をしている。

「もうスタンプは押せない」

「え…、どうして」

「お前は俺のものじゃなくなるからだ」

　意味がわからなくて小首を傾（かし）げると、カイルが言った。

「あさって、お前は家に帰れる」

「――」

　レンは深く息を吸いこむ。一気に目が覚めて、同時にカイルに頼もうとしていたことを思い出す。

　僕を連れて行って。

　昨日の晩、想像するだけで胸がいっぱいになって、ワクワクしたのだ。

「あの……僕は」

　いまからでも頼んでみようと気持ちを奮い立たせるのに、カイルが優しく微笑（ほほえ）んだ。

「よかったな」

「…………」

言えなかった。

自分と引き換えに、カイルはまとまった金銭を手に入れる。そもそも、それが目的で誘拐したのだ。それなのに、家に帰りたくない。連れて行ってほしいなどと言ったら、カイルを困らせてしまう。

カイルと一緒に行くことは、ほんの一夜の夢物語だったのだ。

現実にはならない。

カイルは風呂に入ってくるから眠っているようにと言い残して、部屋を出て行った。レンは服をぜんぶ脱いでベッドに横たわった。

スタンプを押してほしかった。

それから小一時間たってからカイルはレンの隣に横になったが、ひとつのスタンプも押してくれなかった。抱き締めてもくれなかった。

レンは泣くのを堪えながら、一睡もせずに夜を明かした。

蜂蜜の甘い匂いがベッドのうえに漂っている。

最後の夜だ。

昨夜は眠れなかったうえに今日はカイルがいないあいだ泣いて過ごしたから、目がみっともなく腫れていた。

カイルはベッドに向かい合って座り、レンの手に蜂蜜を溶かしたオイルを塗りこんでくれている。とても優しい手つきで手の甲を撫でまわされる。

彼の伏せられた夏草色の眸が、ランプの光をぬるぬると弾く。涙ぐんでいるようにも見えた。いや、そうであってほしいという自分の願望なのだろう。彼は一週間におよんだ面倒な人質の世話からようやく解放されるのだ。

掌にぬるつく親指が這って、レンはこそばゆさに思わず手を閉じて、カイルの力強い親指をきゅっと握る。

もう、この手にも触れられなくなる。触れてもらえなくなる。

そう思うと、みぞおちが不安定に軋んだ。嗚咽を懸命に喉の奥に封じる。

カイルは指を握られたままじっとしている。

こんな夜は、二度と訪れない。

切なさと焦燥感に耐えきれなくなって、レンは深く俯いて、呟いた。

「スタンプを押してください」

カイルのものだという印だけでも欲しい。渇望するのに、カイルが諭す口調で言う。

「ダメだ。吸い跡なんてつけて帰ったら、お前は汚されてないのに汚されたと思われる」

「思われても、かまいません」

「お前はちゃんと綺麗なまま、日常に帰るんだ。それで、いつか親父さんと同じ仕事をするようになる」

「………………」

彼の言っていることが正しいと、頭ではわかっている。

自分は明日、家に帰る。そこで待っている息の詰まる日常。自分はまたそこに囚われ、継母からの評価に怯え、神の教えに縛られる。

——帰りたくない！　カイルといたい！　連れて行って！

叫びが喉まで出かかって、いまにも溢れてしまいそうだ。舌をギリと噛むと、痛みと血の味が口のなかに拡がった。

「っ、おい！」

異変に気づいたカイルが慌てて両手でレンの唇を開かせた。

「傷ついてるじゃないか。なにしてるんだ、お前は」

怒った顔をしているカイルを、レンは無言のまま懸命に見詰める。

「——」

夏草色の眸が、ふっと眦（まなじり）を緩めた。

そしてレンのしてほしいことをしてくれた。

近づききった顔。自分の口のなかに、カイルの舌が入っている。獣がそうするように、傷ついたところを舐めてくれる。

いたたまれないほどのこそばゆさに、頭の奥が甘く痺れていく。

「ん…ん…っ…ぁ」

舐められる範囲が少しずつ拡がっていく。舌の裏側深くを、熱い舌で埋（う）められる。

そして舌先をちろちろと舐められた。

レンは自分からもおそるおそる舌を動かしてみる。するとカイルの身体がピクンと跳ねた。

心臓が壊れそうなぐらいドキドキする。心臓だけでなく、身体のどこもかしこも、指先までも脈打っている。

——……いまカイルに、どこかに連れて行かれてる。

それが嬉しくて、涙が零れた。

泣きだしたレンに驚いて、カイルが唇を離した。

「大丈夫か？」

レンは泣いたまま、服を脱ぎだす。

カイルは戸惑ったようにしていたが、服を脱いでくれた。

全裸になって毛布のなかに一緒に入る。

横倒しになるかたちで向かい合い、レンは小声で訴える。

「まだ……舌が、いたい」

カイルが仕方ないな、というように笑って、舌を入れてくれる。

——きもち、いい……。

もう嘘はつけなかった。とても、気持ちいい。互いの陰茎が硬くなって肌を突き合っているのも、嘘みたいに気持ちがいい。

気持ちいいのは、本当にいけないことなのだろうか？

でもたとえいけないことでも、やめたくなかった。やめたくないのに、心も身体もとろとろに弛緩(しかん)してしまって、温かな湯に沈んでいくように意識が遠ざかっていく。

レンは力の入らない手で一生懸命、カイルに摑まる。

そうして毛布に深く入れた両腕でしなやかな逞しい裸体を抱き締めたまま、眠りについたのだった——。

# 4

「ノエル様は、どうして社交界に顔をお出しにならないの？」

父子爵とともにロンドンの一等地にある貿易事務所を訪れた令嬢に訊かれて、レン・ノエルは薄い笑みを浮かべた。

「わたしの家はただの成り上がりで、品のいい立ち居振る舞いなど心得ておりませんので」

「まあ！　そんなことありませんわ。ノエル様はいつも落ち着いていらっしゃって、品がおありですわ」

絵画や宝飾品を物色していた子爵が娘を窘める。

「困らせてはいかんよ。ところでノエル殿、今日はこの絵と、この首飾りをいただくとしよう」

「いつもありがとうございます。のちほど、お邸のほうに届けさせていただきます」

子爵父娘を建物の外まで見送ってから、レンは従業員たちに店を任せて三階へと上がった。

そこは特別なコレクションルームになっている。ひとり掛けのソファに座ってオットマンにすらりとした脚を載せ、レンは頬杖をついて苦笑した。

「金がないのなら、倹約すればいいものを」

立派な邸に多くの使用人、高価な衣類、絵画に宝飾品。必要以上に豪奢な生活を維持するために首が回らなくなっている貴族は多い。

いまさっき訪れた子爵のところもそうだ。

この三階建ての貿易事務所をレンが去年、父から任されるようになってから、彼らのような貴族が頻繁に訪れるようになった。事務所とはいうものの、ここは実質的には選りすぐりの美術品を陳列して、上流階級の人間に売り捌く場所だ。

そして、レン・ノエルもまたその商品のうちのひとつなのだった。

資金繰りに困っている貴族は、貿易業で成功して莫大な資産を持つノエル家の人間を婿養子にできれば、今後しばらく安泰だ。

なによりもレンの両親がそれを強く望んでいた。

父は准男爵の称号を持っているが、それは継母と再婚したときに彼女の勧めによって国に多額の寄付をして叙されたものだ。要するに、地位を金で買ったわけだ。

だが、准男爵は貴族ではない。レンを貴族の婿養子にすることで一族の地位を向上させる腹積もりなのだ。そのために上流階級での言葉遣いや所作、乗馬、社交ダンスを身につけることを要求された。

――そもそも、わたしに家を継がせたくないんだろう。

准男爵は世襲することができる。だが長男のレンがいる限り、継母の実子である異母弟が称号を継ぐことはできない。

だからたっぷりの資産をつけてレンを貴族の婿養子にすれば、万事丸く収まるというわけだ。

レンは冷めた目つきで部屋を見回す。

この特別室には父の気に入りの非売品が陳列されている。貿易商を営んでいれば、そのなかで予想外の逸品や珍品に出逢うことがある。ヨロイと呼ばれる東洋式甲冑など、なかに人が入っているかのような鬼気迫る空気を放っていた。

子供のころ、レンはこの部屋に来るのが大好きだった。

自分の知らない世界の広がりを、ここにあるものを介して感じていた。こういうものに触れられる貿易商は素敵な仕事だと感じ、自分も貿易商になりたいと思ったのだ。

しかし、ある時を境に、ここにあるものに魅力を感じなくなった。

十二年前、レンは身代金目的で盗賊団に誘拐され、一週間の監禁ののち無事に家に帰された。

レンは迷惑をかけたことを両親に謝った。多額の身代金を払わせてしまったことも、心から謝罪した。

だが、違ったのだ。

両親は一ペニーも払っていなかった。

彼らはレンを見捨てたのだ。そして金にならないとわかった盗賊団は、レンを家に帰して厄介払いをした。

本来ならそれでも、生きて還れたことを感謝すべきだったのだろう。

けれども、家族にもカイルにも余計者として切り捨てられたことに、レンの心は深く傷ついた。この世のどこにも自分の居場所などない。そう十四歳で思い知ったのだった。

しばらくのあいだは、泣いている自覚もないまま涙を零していた。そしてその涙も出なくなったころには心が石ころのようになっていた。

レンは継母が貶める余地がないように、学業も上流社会の嗜みもすべてを完璧に自分のものにした。東洋の血のことで後ろ指を差す者があれば、冷めた視線で一瞥した。次第に継母のように人を貶めたがる者たちは、懼れの表情を覗かせて目を逸らすようになっていった。

神への信仰ももはや持っていなかったが、あたかも敬虔な信者であるかのように振る舞った。それが自分の装甲となるからだ。

そうやって二十六歳の、実利的なレン・ノエルは作られたのだった。

開けたままのドアをノックする音に閉じていた目を開ける。

「イザイ様がお見えです」

眉をひそめて横目で従業員を見る。

「追い返せないか？」

「宝飾品の納品ですので、レン様に立ち会っていただかないと」

うんざりした気分になりながら、レンはオットマンから脚を下ろして立ち上がる。鏡を覗いてアスコットタイとフロックコートの襟元(えりもと)を整え、折り畳み櫛(ぐし)をポケットから取り出して前髪の乱れを直す。

イザイは父と継母の大の気に入りの——表向きの肩書は彫金師だ。彼は芸術全般の才能に富み、彫金に留まらず、絵画や音楽においても玄人(くろうと)はだしの腕前を誇る。

気乗りしない足取りで、レンは一階へと下りた。そして作り笑顔で声をかけた。

「お待ちしておりました。イザイ様」

陳列されているオルゴール箱を鳴らしていた男が振り返る。

真っ赤な髪に、金色の眸。黒のフロックコートに身を包んでいる姿は、まるで葬儀帰りの人のようだ。三十代なかばに見えるが、実際は五十歳を過ぎているという説もある。

「これは、レン殿。今日もお美しい」

イザイが猫のような忍び足で近づいてきて、レンの右手を両手で握った。

「その黒曜石(こくようせき)のような眸で、指輪を作りたいものです」

この男が言うと、まったく冗談に聞こえない。現に小さく舌なめずりまでしている。

イザイは、著名な芸術家が多く所属するオカルト結社に入っている。錬金術に傾倒し、そのほかにも医師とともに「フランケンシュタイン」——今世紀初めに書かれた、フランケンシュタイン青年が人造人間を創る物語だ——そのままに人間もどきを創ったという噂も、まことしやかに囁かれていた。

そのオカルト結社が催す降霊会に、父と継母は頻繁に足を運んでいるのだ。

継母のなかで敬虔なキリスト教徒であることと、いかがわしい降霊術に惑溺することは、なんの齟齬もないらしい。所詮、彼女にとって信仰は権力欲を満たすものであり、真の信仰心があるわけではないのだ。いま思えば、そんな女に振りまわされていた子供時代の自分は本当に愚かだった。

しかし愚か者がバカを見るのは当たり前のことだ。

人間がふたり以上いれば、そこには勝敗があり、支配と隷属が生まれる。

社会構造も同じだ。産業革命によって極端に勝敗が分かれた。富裕層と貧民、貧民以下の仕事にもありつけない裸足で暮らす者たち。

それらの枠からある意味はみ出しているのが、富裕層を餌食にする盗賊かもしれなかった。本来は貧民以下にカテゴライズされる存在だが、腕のいい盗賊は金回りがいい。

実際、十二年前に自分を拉致した盗賊団「翠の翼」は、食事にも衣類にもまったく困っていなかった。

「今回の作品も、どれも素晴らしかったです」

イザイという人間は虫が好かないが、彼の腕は認めざるを得ない。

本来なら得意客に直接納入するところをわざわざレン・ノエル経由にするのは、イザイの個人的厚意――好意によるものだ。

「では、今日はこれでおいとまを。おいお前、帰るよ」

納品を終えたイザイが部屋の片隅に佇んでいる背の丸い大男に声をかけた。

その大男はイザイが唯一雇っている使用人なのだが、噂の人造人間なのではないかと巷では囁かれている。この大男が夜中に墓地から遺体を持ち去るのを見たという目撃証言はひとつふたつではない。人造人間が人造人間のパーツを漁っているなどシュールな怪談話だが、相手がイザイとなると禍々しい風説に信憑性が増すばかり。

こめかみにいくつもの醜い傷跡のある大男が、イザイの声でスイッチが入ったカラクリ人形のように、のっそりとドアへと歩きだす。

レンは寒気を覚えつつイザイをエントランスまで見送り、商売人としての愛想を表情と言葉に載せた。

「またお会いできるのを心待ちにしています」

「レン殿、また近いうちに」

手の甲にイザイの唇を押しつけられながら、レンはふと視線を感じて目を上げた。通りを走り過ぎていく二頭立て馬車。その窓から一瞬、金髪の男が垣間(かいま)見えた。

項(うなじ)がチリチリと痺れる。

「……………」

「翠の翼」のことなど思い出していたせいだろうか。

乗客が、愚かだったころの自分の心と身体を惹きつけた若者に似ているように見えたのだった。


仰向けの姿勢で目が覚める。レンは重い瞼で瞬きをしながら、寝ている自分の身体を見下ろす。両腕はきちんと毛布のうえに出ていて、両手首はまとめて縛られたままだ。

縛られた、といっても就寝前にレン自身が結んだものだ。作った輪に両手首を入れて片手だけ何度か回す縛り方で、自分で簡単に拘束を解くこともできる。

継母の言いつけをいまだに守っている、というわけでは、もちろんない。

腕を毛布に入れて眠ると、他人に心を許して眠った夜のことを思い出してしまうのだ。

昨日は特に、その苦い思い出の相手と似た人物を見たから、きつく両手を縛った。お蔭(かげ)で少し、指先が痺れていた。

朝の身支度をすませ、寝室のドアに取りつけてある内鍵を外す。一階に下りると、男女ひと組の使用人が素早く朝食の支度をしていく。ふたりとも、レンがここで暮らしはじめた三年前から勤めてくれている。

独立にあたり、レンはこのような邸も使用人もいらないと言った。

だがノエル家の恥とならないように体裁を整えるのが条件だと両親に言われ、この邸を選び、ふたりの家事使用人と馭者を雇うことにしたのだった。

仕事のノウハウを吸収し、必要な人脈を構築するまで、ノエル家の息子というポジションは有効だ。真の独立は、そのあとでいい。

父の跡取りは、准男爵の地位も含めて、異母弟に進呈するつもりだ。

資産目当ての貴族の娘たちに捕まる気も、毛頭ない。

三十代の男性使用人が紅茶をカップにそそぎながら問う。

「レン様、今日のご予定は？」

「港に寄ってから本店に顔を出して、事務所に行く。夕食は家で取る」

「承知いたしました」

使用人たちに見送られて馬車に乗りこみ、テムズ川沿いの倉庫街を抜けていく。世界の貿易の要とも称される港の波止場には、ワインや象牙、葉巻などさまざまな荷が積み上げられている。

今朝、インドから着いたノエル商会の荷物は主に、茶葉と香辛料だ。荷物の数を確かめ、抜き打ちで品質を検める。ちょうど黒胡椒の実を齧ってその強い香りと辛さに眉を歪めたときだった。

「――」

レンは立ち上がってあたりを見回す。

荷馬車や人足、船乗り、同業者でごった返す波止場。その喧噪のなか、いまも意思のある視線が自分にそそがれているのを感じる。

でも、それがどこから来るものなのかはわからない。

ただ項をチリチリと炙られるような感覚は、昨日感じたものと同じだった。

――……錯覚だ。

十二年前、拉致から解放されたあと、レンはしばしばこんな感覚に襲われた。どこかから夏草色の眸が自分を見ているように感じたのだ。

もちろんそれは気のせいで、要するに惨めな願望によるものだったのだろう。

レンはかつてそうしたように、頭をきつくひとつ横に振った。願望を払い落とす仕種だ。

そうして仕事に集中して、視線のことは頭から締め出したのだった。

それから父のいる本店に行き、報告をおこなった。

美しいオーク材の家具で揃えられた執務室で肘掛け椅子に身体を埋めて、父が面長の顔に難しい表情を浮かべる。

「お前の言うとおり、このところ茶葉の品質が落ちているのは事実のようだな。顧客からのクレームもあった」

「はい。それについては至急、調査をおこないます」

「ああ、頼む」

そしてさりげなさを装って促してくる。

「お前もたまには、どこかの令嬢をエスコートしてパーティに行ったらどうだ」

「そうですね。そのうちに」

父はさらに言い募ろうとしたが、レンが薄い笑みを返すと気まずそうに目を伏せた。

盗賊団に拉致されてよかったことが、ひとつだけある。

父母が自分に対して以前ほど強く出られなくなったことだ。

血の繋がった息子を見捨てようとしたことに、さすがに父はいくらか良心の呵責を感じたらしい。継母のほうも自分の「聖女」のイメージが崩れることを懼れ、レンに拉致のことはいっさい他言しないように口止めした。彼らは警察にすら相談していなかったのだ。

両親の弱みを握ったことで、レンは完全な従属状態から脱することができた。

——……昨日からやたらに昔のことを思い出しているな。

こんなだから、おかしな錯覚を起こすのだ。

本店をあとにしたレンは、首を一回きつく横に振ってから、ふたたび馬車に乗りこんで事務所へと戻った。

しかし事務所に着いたレンを待っていたのは、ただならぬ騒動だった。

事務所のエントランスで、絵画や宝飾品を持ち出そうとしている何人もの男たちと事務所の者たちが揉み合いをしていたのだ。レンは馬車から飛び降りると、険しい表情で開け放たれた正面玄関に立ちはだかった。

「なにをしている!?」

「あ、レン様…っ」

蒼白な顔で、従業員が説明する。

「この建物の商品はすべて買い占めると言って、勝手に持ち出そうとしているんです！」

すると絵画を小脇にかかえた男が言い返す。

「金はたんまり渡しただろ、ほら」

男が床を指差す。大量の紙幣が床中に散乱していた。

レンは苦々しい顔で、声を低く落とした。

「あなたたちの誰と交渉すればいい？」

「ああ、うちの旦那なら階段を上って行ったな」

「わかった。わたしが話をつけてくる。それまで誰も、この場を動かないように」

睥睨（へいげい）すると、ならず者たちが怯んだ様子になる。ならず者といっても仕立てのいいラウンジスーツを着て清潔感のある身なりだが。

レンが壁に沿って作られた回り階段を上って二階に行くと、そこでひとりの従業員がおろおろしていた。

「ああ、レン様！」

「あの乱入者たちの頭はどこにいる？」

「三階です」

「そうか」

階段に足をかけると、従業員が肘に取りすがってきた。

「危険、危険です。警察に任せましょう。電話はしましたので、もうすぐ来るはずです」

「話をするつもりのないただの犯罪者なら、あれだけの大金を用意しないだろう。君はここで待機していなさい」

静かな憤（いきどお）りが自分を支配しているのをレンは感じる。こういうなまなましい感情も久しぶりだ。

階段を上りきると、特別室のドアが開け放たれていた。

オットマンに足を載せてひとり掛けソファに座った男の、斜め後ろからの姿が見えた。

階段を上ってくる足音が聞こえていただろうに無視を決めこんでいる。

　レンはドアの表面を三回ノックしてこちらに注意を向けさせた。

「下の騒動の件でお話があります」

　男は長い両腕を上げて伸びをした。

「このソファは座り心地がいいな。これも貰おうか」

「売り物ではありません」

「そう、ケチケチするな」

　まともに話をする気がないのだろうか。苛立ちを覚えながらも、レンは改めて名乗った。

「ノエル商会の、レン・ノエルと申します」

「ああ」

　男が笑い含みの声で返す。

「知ってる」

　当然ここがノエル商会の事務所と知ったうえで押し入ったのだろうし、管理者が誰であるかぐらいは知っていてもなんの不思議もない。

　だが、レンはなにか引っ掛かりを覚えていた。

　いや本当のところは、この男の斜め後ろからの姿を見た瞬間には引っ掛かりの正体に気づいていた。しかし自分がまた錯覚に囚われているのかと疑い、引っ掛かりから目をそむけたのだ。

あの、フロックコートの肩口にかかる、うねりのある金の髪。

きっとその眸は――男がゆるりと、こちらを振り返った。

夏草色の眸。

足許が激しく揺らぐような感覚が起こったが、レンは足の裏に力を籠めた。そして、なめらかに口を動かした。

「これはお久しぶりです。カイル・バイロン」

「まったく懐かしいな」

そう言いながら立ち上がってこちらを向いたカイルはしかし、以前とはずいぶん印象が変わっていた。

しなやかな若い獣が、獰猛な成獣になったといえばいいのか。

長躯に見合った厚みのある肉体、他者を圧倒する存在感、ふてぶてしさと苦みに彩られた顔つき。

しかしなにより違うのは、レンに向けられる眼差しだった。

そこにかつての明るい煌めきは欠片もない。

レンはあらゆる感情を封じこめて、淡々と言った。

「早速ですが、下で起こっていることについての説明をお願いします」

カイルが窓を指差した。

「向かいの建物で商売を始めることにした。ついては、目ぼしい品物をここから調達することにした」

「――、そのような大きな取り引きは事前に申し出ていただきませんと」

すると面白くなさそうにカイルが片方の口角だけで嗤った。

「もとが盗賊なだけに、まともな取り引きは苦手でな」

「とにかく、競合するところに渡せる品物はありません。お引き取りを」

カイルは眇めた目でしばしレンのことを眺めていたが、大きな足取りで近づいてきた。すれ違うかたちでレンの右肩にカイルの二の腕が触れる。男の顔がすっと寄せられた。耳元で告げられる。

「競合する気はない」

訝しむ視線を向けると、顔を寄せたままカイルが眦を歪めた。

「俺はノエル商会を潰しにきた」

「……」

「潰して、根こそぎ奪ってやる」

カイルが階段を下りていく足音を聞きながら、レンはドアの飾り枠に手をつき、それをグッと握り締めた。

きつく眉をひそめ、幾度も肩で深呼吸する。カイルとの十二年ぶりの再会はあまりにも衝撃的すぎた。

薄い唇を、レンは血が滲むほど噛み締める。

——わたしは変わった。あの頃の愚かな子供ではない。

自分に言い聞かせて、まだいくらかぐらついて感じられる床を踏み締め、一階へと下りた。床には紙幣が散乱し、絵画は壁に立てかけて放置されている。カイルを含め、乱入者たちの姿はすでになかった。

レンは従業員たちに尋ねる。

「持ち出された品物は？」

「それは阻止できましたが、彼らはいったい…」

二十名ほどいる従業員たちをゆっくりと見回しながら説明する。

「彼らは同業者で、向かいの建物で商売を始めるそうだ。今日のようなことが二度とないよう、わたしが責任を持って対処する。それと、床の紙幣を集めておいてくれ。無礼な同業者に突き返しておく」

レンが落ち着いているように見えたことで、従業員たちもだいぶ気が鎮まったらしい。安堵の溜め息があちこちから漏れた。

レンは品物に瑕がつかなかったかを細かくチェックしながら決意する。

不意打ちで動揺させられたが、ふたたびあの男に人生を掻きまわさせはしない。
人がふたり以上いれば、支配者と隷属者に分かれる。
そして自分は二度と、誰の隷属者になる気もない。

# 5

事務所にバラ撒かれた紙幣は、大きな木箱三個ぶんだった。レンはそれを従業員たちとともに向かいの建物の前まで運んだ。

「ありがとう。あとは、わたしが話をつけるから戻っていなさい」

「あんな無法者相手におひとりでは危険すぎます。俺たちもご一緒します」

「昨日も話し合いで騒動を収束させられた。今日も大丈夫だ」

「ですが…」

レンが黒い眸で反論を制すると、従業員たちはしぶしぶ事務所に戻っていった。それでも心配で仕方ないらしく、窓に鈴生りになって様子を窺っている。

改めて気持ちを整えてから、レンはドアノッカーを鳴らした。

おそらくこちらの建物の者も、なかから様子を覗き見ていたのだろう。ドアはすぐに開いた。

ラウンジスーツ姿の男が応対に出る。いかにも用心棒といった雰囲気の男だ。

「ノエル商会の者です。昨日はご丁寧な訪問をありがとうございました。置いて行かれた紙幣を、そちらでお引き取り願いたい」

男は積まれた木箱をちらと見てから、くぐもった声で告げた。

「カイル様がお待ちかねだ」

なかに入るように促されてレンが建物に入ると、男は入れ違いに外へと出た。ドアが閉められる。

薄暗いフロアには箱が無数に積まれていた。カイル・バイロンの姿はない。

「レン・ノエルです。話があって来ました」

応（こた）えはない。

しかし「お待ちかねだ」と言っていたからには建物のなかにいるのだろう。レンは二階への回り階段を上った。

広い空間が開け、中央に置かれた大きなテーブルのうえにカイルが仰向けに寝そべっていた。上着はなく、シャツとベストにスラックスという姿で――それは十二年前に初めて会ったときを彷彿（ほうふつ）とさせた。

当時より厚みのある胸部がゆっくりと上下している。

――眠っているのか？

「カイル・バイロン」

呼びかけながら近づいていく。

「昨日のような荒事（あらごと）は二度としないでいただきたい。その約束を取りつけに来ました」

どうやら眠ってはいなかったらしく、カイルが目を閉じたまま呟く。

「待ちくたびれた」

テーブルの横に立って男を見下ろしながら、レンは淡々と言う。

「うちを潰すというようなことを言っておられましたが、商人のルールに従って仕事を介してのみにしてもらいます」

男が薄目を開けた。翠の光がそこから漏れる。

「なんで俺がお前のルールに乗ってやる必要がある？」

「ここは盗賊のフィールドではないからです」

ふいにカイルが手を伸ばしてきた。手首をぐいと摑まれ、引っ張られる。重心が崩れてレンは彼になかば覆い被さるかたちになる。

カイルが低い声で囁く。

「そうだな。俺はお前と同じフィールドまで這い上がった」

ただ近くで視線が重なっているだけなのに、まともに息ができなくて肺が軋む。

「――、それなら二度と、店を荒らして紙幣を撒くような野蛮なことはしないでください」

するとカイルが喉で嗤った。

「いま外で、バラ撒くより、もっと野蛮なことをしようとしてるけどな」

レンは手首から男の手を振り払うと、窓へと走った。向かいの事務所の建物から従業員たちが身を乗り出していた。レンに気づいた従業員たちが、こちら側の建物の入り口付近をしきりに指差す。

窓の下半分を上部にスライドさせ、顔を出して真下を見る。

ついさっき運んだ三つの木箱の横に、玄関口で応対した男が立っている。男が両手に持ったなにかをすり合わせるような仕種をすると、火が生まれた。マッチだ。その火が箱に近づけられる。

「っ、やめろ！」

レンが声を張り上げると、カイルが後ろから二の腕を摑んできた。

「俺の金だ。どう使おうが勝手だろ」

レンは憤った視線を男に向けた。

「通貨は市場を支える要です。いま、あなたの手元にあったとしても、決してあなただけのものではない」

「ふーん。そんなに金が大事か？」

この男は、自分が両親にとって一ペニーの価値すらなかったのだと知っている。とうに封じたはずの屈辱感と悲哀が、心の底を駆け抜けた。

「……とにかく、彼を止めてください」

摑まれている腕を乱暴に横に引っ張られた。窓と窓のあいだの壁に背中を押しつけさせられる。カイルが覆い被さってくる。

「お前次第だな」

そう低く囁きながら――。

男の半開きの唇がレンの唇を押し潰し、歪めた。唇の狭間を舌で横に舐められたところで、レンは我に返った。

拳を握り、それを男の頬に叩きつけた。

カイルが後ろによろけて、半笑いで左頬をさする。

「なんだ、ずいぶん可愛げなく育ったな。あの頃は可愛かったのに。……俺に裸でしがみついてきたっけな」

思い出させられて、わずかに震えてしまった唇を嚙み締める。

――この男のことはもう忘れたんだ。

誘拐事件のあと、忘れるのにどれほど苦労したことか。たった一週間のあいだに、心にも身体にもカイル・バイロンという男が深く染みこんでしまっていた。

「あれは、なにも知らない愚かな子供だったせいです」

「へぇ」

興味深そうな表情で、ふたたびカイルが身を寄せてきた。

「いまは、いろいろ知っているわけだ？」

「当然でしょう」

素早く避けて距離を取りながら、本題に話を戻す。

「商人には商人のルールがあります。それとも正攻法では、わたしに太刀打(たちう)ちできないという判断ですか？」

薄笑いで挑発すると、カイルが一瞬レンを睨んでから不遜(ふそん)な表情を浮かべた。

「いいだろう。まずはお前のルールで潰してやろう」

「それでは交渉成立ということで」

差し出したレンの右手を、カイルの幅広の手が握ってきた。重なる掌に予想外のなまなましさを感じる。

レンは無表情でその手を握り返すと、フロックコートの裾(すそ)を翻(ひるがえ)して強い足取りでフロアをよぎり、階段を下りた。正面ドアから出ると、用心棒風の男がうえを見上げていた。カイルからなにか指示を受けたらしく、マッチを地面に捨てる。

ただの脅しだったのか、木箱は三個とも無事で、道には何本もの燃え尽きたマッチ棒が落ちていた。

レンが事務所の窓に群がっている者たちに頷いて見せると、ドッと歓声が起こった。

交渉に成功し、カイルを自分のルールに従わせることができたのだ。

それは確かな勝利のはずだったのに——唇と掌を重ねたせいだろうか？
レンはその夜、封印したはずのあの夢を数年ぶりに見たのだった。

肩まで毛布にすっぽりと潜りこんでいて、両腕がとても温かい。いや、熱っぽい人肌に触れているからだった。その人になかば乗りかかるかたちで、両腕をその裸体に添わせている。

『レン…』
掠れた若者の声に耳をくすぐられて、ほっとする。
カイルと一緒にいる。カイルにお願いして、誘拐されたまま連れ去ってもらったのだ。
嬉しくて嬉しくてたまらない。
輝く金の髪と夏草色の眸を見たいのに、瞼が重くて目を開けられない。
レンは涙声で訴える。
『嫌な夢を見てました』
『ふーん？　どんな？』
髪を優しく撫でられる。
『……家に、家に帰る夢です。一緒に連れて行ってもらえなくて、家に帰って——でも、本当は両親は一ペニーも払ってなくて……、……』

ものすごく悲しくなって閉じた睫毛のあいだから涙が滲み出る。

沈黙が落ちる。

不安が膨(ふく)らんでいく。まさか、あっちが現実なのだろうか？

——それは嫌だ…っ。

耳に笑う溜め息がかかる。

『バカだな、お前は』

強い腕が身体をぎゅっと抱き締めてくれる。

『お前に一ペニーの価値もないなんて、そんなことあるわけないだろ』

身体中の力が抜けそうなほど安心する。

よかった。少なくともカイルにとっては笑い飛ばせる話なのだ。

レンは小声で嘘をつく。

『……舌が、ちょっと痛い』

『なんだ。また噛んだのか？』

呆れ声で言いながら、カイルの手が顎の下に入ってくる。顔を上げさせられる。相変わらず重い瞼を開けられないまま、唇を半開きにする。

唇の狭間に、熱く濡れた舌を押しこまれていく。

『ン…』

舌が触れ合ったとたん身体のあちこちで痺れが弾けた。舌の表面を、裏を、側面を、舐めまわされていく。

レンからもそっと舐め返すと、カイルが身体を横倒しにして体重をかけてきた。レンは仰向けになり、熱くて重たい男の身体に押し潰される。

硬くなったペニスが互いの肌を突く。

カイルが舌で深く繋がったまま腰の位置をずらしていく。

『…………！』

二本の茎が寄り添うように重なった。

それだけで頭の芯まで痺れきる。

自分のペニスもびしょ濡れだけれどもカイルのそれも濡れそぼっている。どうしてそんな動きをするのかわからないまま、レンは腰をぎこちなく揺らしてしまう。するとカイルも同じようにした。

カイルの強いものに茎をくにくにと嬲(なぶ)られて、レンは爪先まで引き攣らせる。

口に深く舌を含んだまま唇を大きく開いて声をたてる。

『あ…ぁっ、あ、ぁ』

頭のなかが真っ白になるような刺激が怖くて、懸命にカイルにしがみつく。

マロニエの花に似た匂いが漂っていた――。


マロニエの花のような匂いのなか、目が覚める。

身体がヒクッ…ヒクッ…と震えている。

しがみつく身体を探して手を動かそうとして、違和感を覚える。目を開けて自分の身体を見下ろす。

手首を縛られた両手。腕は毛布のうえに出ている。白い寝間着をきちんと着こんでいる。横には誰もいない。

あれはすべて夢だったのだ。

言葉にしがたい絶望感が押し寄せてくる。

まだ十代だったころ、あの夢を見るたびにつらくて、夢のなかに戻りたくなった。でも夢のなかのカイルもまた、都合のいい偽物にすぎなかった。現実で彼とあそこまでの行為はしていないし、そもそも彼はレンのことを一ペニーにもならない荷物として切り捨てたのだ。

深呼吸する。

ここは自分の邸の寝室で、自分は二十六歳だ。

誘拐されたのはもう十二年も前で、カイル・バイロンのことも苦い過去として葬り去った。そう、葬り去ったのに。

「どうして、また、現れたんだ…」

理由は本人が口にしていた。ノエル商会を潰すためだ。

しかしそういう意味の、どうして、ではない。

ごく個人的な意味合いで、再会は許しがたい不条理だった。しかもあの男は――レンは縛ってある両手を口許に持っていった。

この唇に、あの男は唇で触れてきた。

一瞬、甘ったるい夢のなかに引きずり戻されそうになる。

「あれは偽物だ…っ」

自分を叱責して、レンは身をよじりながら上体を起こした。そして、下腹部に違和感を覚え、きつく眉をひそめる。寝間着のなかが粘液でべっとりと汚れていた。

……子供のころ、継母から徹底的に性的な面を抑圧されて過ごしていたレンが初めて夢精というかたちで精通を迎えたのは、誘拐から一ヶ月ほどたってからだった。

あの夢を見て、果てたのだ。

そしてあの夢を思い出すと陰茎をいじりたい強い欲求を覚えた。無意識のうちにそうしてしまわないように、自分で手首を拘束してから眠るようになった。継母に従う気はもうなかったが、カイル・バイロンに縋る自分が許せなかったのだ。

それでも夢を見るのを止めることはできず、何度も寝間着を汚した。

涙が出なくなって心が石ころのようになっても、あの惨めで甘ったるい夢は自分を捕らえつづけた。

十八歳のときだっただろうか。連日のようにカイルの夢で果て、女を知れば見なくなるかもしれないと思いついた。それで売春街に足を運んで、女に誘われるままベッドのある部屋に入り――ランプの光で改めて女を見て目を瞠った。

金の髪に、翠の眸。

彼女の髪は灰色がかったブロンドで、眸も灰色がかった緑色だったけれども、もうカイルの影を追い払うことはできなかった。自分が無意識にこの女性を選んだことに愕然とした。

逃げるように、レンは女の手も握らないまま娼館をあとにしたのだった。

それからは性欲を排泄と同様に自分で処理するようにして、心からもカイル・バイロンを締め出した。

そうしてここ数年は、心身を鎮めて過ごすことができていたのに――。

再会によってこんなにも動揺させられていることが、悔しくてたまらなかった。

# 6

晩餐会(ばんさんかい)が終わったノエル邸は、独特の興奮に包まれていた。仕事の話があると父に言われて土曜の夜に実家に招かれたレンは、よく事務所を訪れる子爵令嬢の相手をさせられる羽目(はめ)になった。

今日の彼女は栗色のまっすぐな髪を華やかに編(あ)みこみ、水色のドレスを着ていた。大きなヘーゼルカラーの眸で夢見がちな瞬きをしながら言ってくる。

「ぜひ今度、うちの晩餐会にもおいでくださいね」

庭に面したティールームで食後の紅茶を口許に運びながら、レンはソファの隣に座る令嬢に微笑を向ける。

「ありがとうございます」

肯定でも否定でもない、当たり障りのない返しだ。

しかし彼女は嬉しそうに顔をほころばせ、それからそわそわしたように早口になる。

「イザイ様の準備はそろそろおすみかしら？」

レンは知らずに来たのだが、この晩餐会にはとっておきの余興がついていたのだ。

彫金師にして錬金術を操り、物語のフランケンシュタイン同様に人造人間を創り出したと噂されるイザイが、降霊術をおこなうという。

晩餐の席にイザイもいて、人びとの関心の的となり、始終話しかけられていた。とはいえ、どんな話題にも首を縦に振るか横に振るか、あるいは無視するかだけだったが。

曲者の彼がわざわざ晩餐会から参加したのは、どうやら父がレンを餌にしたせいらしい。

正面にはイザイ、横には子爵令嬢という席で、気疲れした。しかもイザイは視線が合うたびに、小さく舌なめずりをする。おそらくレンの眸で指輪を作る妄想でもしているのだろう。

降霊術になどまったく興味はないのでできれば自分の邸に帰りたいところだったが、こうして子爵令嬢の相手を任されてしまい、帰りそこねた。

ようやく降霊会の準備が整ったらしく、ティールームやシガールームでくつろいでいた二十名ほどの客人は会場へと呼び集められた。

その窓のない部屋の中央には円卓が置かれている。降霊術に傾倒した継母が、わざわざそのために部屋の家具や装飾品まで入れ替えたのだ。

壁には月と星をモチーフにした呪術的な絵画が飾られ、部屋の内壁に沿ってぐるりと置かれた腰高キャビネットのうえには、銀の燭台が等間隔に並べられている。火を点された蜜蝋蝋燭がほのかに甘い香りを漂わせる。

円卓の真ん中には大きな三又燭台が置かれ、太くて長い蝋燭が三本そそり立っている。

その切っ先を赤い炎がちらちらと舐め、蕩けた蜜がときおり伝い落ちていく。

子爵令嬢を円卓の椅子のひとつに座らせると、レンはキャビネットに腰を預けて立った。

蜘燭の炎のひとつひとつがかすかに揺らいでいるせいか、平衡感覚に狂いが生じそうになる。

レンが降霊会に参加するのは、これが初めてだった。

イザイが部屋に入ってきて、最後の席を埋めた。

「では、始めます」

彼の赤い髪と金の眸が、蝋燭の光を含んで鮮やかに浮かび上がる。

「まずは、ノエル夫人の去年亡くなられたお母上を呼び出します」

継母が緊張した声で「お願いしますわ」と返す。

イザイがゆっくりと目を閉じ、ヘブライ語を小声で呟きだす。

……なにか奇術でも使っているのだろうか。まるで風が吹いているかのように部屋中の蝋燭の炎が大きく揺らぎだす。そのせいで、平衡感覚がさらに頼りなくなる。思わずキャビネットの角を摑みながら、レンは視線をうえに上げた。

蝋燭の炎が届ききらない高い天井。そこに闇が凝っている。その闇が、どこかへと繋がっているかのような錯覚に陥る。

悪寒に背筋がざわざわする。

……気味が悪い。

そもそも、この世から絶たれた人間を召喚することと自体、道理から外れているのだ。

『あ…あ――あー…あー』

女のしわがれた声が部屋に響いた。レンは驚いて人びとに視線を走らせ、最後にイザイのうえで留めた。その唇が動く。

『あ、ああ、……ヘレン……ヘレン』

聞き覚えのある義理の祖母の声が、継母の名前を呼ぶ。

確かに声はイザイの口から流れ出ているが、しかし彼の声帯から出ているものとはとうてい思われなかった。

――蝋燭の炎が揺れるのと同じ、奇術だ。

レンは自分に言い聞かせて、なんとか気持ちを鎮めようと試みる。

「お母様、お母様！」

突如、継母が嗚咽をあげながら手を揉み合わせた。

「おお、神よ。母との再会をお許しくださり、感謝いたします」

彼女のなかでは、降霊術も神の御業の範疇に入っているらしい。

『ヘレン』

厳格な年老いた女の声が告げる。

『あなたは聖書のままに身を律して生活していますか？』

継母が怯えた少女のような顔つきになる。

「もちろん…もちろんですわ。お母様」

『十戒を言ってごらんなさい』

継母が震え声で、神から与えられた十の戒律を唱える。

『それをいつも心に唱えるのですよ』

「……はい――お母様のおっしゃるとおり、毎日、毎時間、毎秒……いつも……いつも、いつ……も」

呂律が回らなくなったように言葉があやふやになり、そのまま継母は呼吸困難に陥ったように息を荒らげた。

苦しげに机に突っ伏す彼女を、イザイが満足げな顔で見下ろす。

『それでこそ、あなたは、わたくしの誇り』

レンはわからなくなる。

ここにいるのは、イザイなのか？　それとも本当に義理の祖母なのか。

父が椅子から立ち上がり、妻を抱き支えた。

「申し訳ありませんが、妻の加減が悪いようなので別室で介抱します」

するとイザイが高慢な老女の仕種で、顎を引いて浅く頷いた。

『娘をお願いしますよ。サー・ジョージ・ノエル』

父が継母を運ぶのを手伝いながら、レンも降霊会場を抜け出した。

すぐに近所に住む主治医が呼び出され、診察をおこなった。興奮状態による不調だろうとの見立てで、精神安定シロップを処方された。

レンは医師を見送りがてら自分も帰宅の途につこうとしたのだが、ちょうど降霊会のほうも終わったところで、イザイに捕まってしまった。

「ノエル夫人のお加減は？」

「もう落ち着いたようです」

「それはよかった。では、シガールームに行きましょう」

「いえ、わたしはもう帰りますので」

「サー・ノエルにシガールームで待つように言われているので、それまでの時間潰しですよ」

客人をひとり放置するわけにもいかず、レンはイザイとシガールームに移動した。シガールームはティールームと対称の造りで、やはり庭に面している。

ソファに腰掛けて横に座るように促すイザイを無視して、レンは暖炉（だんろ）のマントルピースに肘を軽く乗せて立ち、距離を取った。

イザイがテーブルに置かれた銀の葉巻入れから一本を取り出して咥え、火を入れる。うまそうに煙を燻らせながら訊いてくる。

「わたくしの降霊術のご感想は？」

レンは平衡感覚が狂う不快さを思い出しながら、当たり障りのない感想を告げる。

「実に神秘的でした」

イザイが葉巻を咥えたまま立ち上がり、レンが肘を置いているマントルピースに同じように肘をついた。その目が三日月のように細められる。

「本当の感想をどうぞ」

この金の眸には特有の観察力がある。

「そうですね。口は動いているものの、腹話術のように感じました」

「ほう。腹話術ですか。それは面白い。かつて腹話術師は魔女狩りの対象になったのですよ」

世が世なら、イザイは速攻で魔女裁判の餌食になっていたに違いない。

「しかし、わたくしの口はそんなに器用ではありません」

「では、あの祖母の声はどこから？」

「霊がわたくしの声帯を震わせるのです」

「本当に霊が降りてきたと？」

「実際、ノエル夫人は母上と会話をされていたでしょう。あれはおそらく、あの母娘の昔からの定番のやり取りでしょう」

「継母が祖母とあのような会話をしているのを聞いたことはありません。そもそも、ふたりは疎遠でした」

「人の真の関係というものは、傍から見るだけではわからないことだらけです」

イザイがさらに顔を寄せてくる。

——カイルより少し背が低い…。

無意識のうちにそんなことを考えてしまって、気持ちが乱れた。イザイが興味深そうな顔になる。

「いま、珍しい表情をしましたね」

「気のせいでしょう。それより継母のことです。あのように取り乱す姿は初めて見ました」

イザイが葉巻の灰を、マントルピースのうえに置かれた灰皿へと落とす。

「ジークムント・フロイトをご存じですか？」

急になにを言い出すのかと訝しみながら頷く。

「ウィーンで名を馳せている精神分析学者ですね」

「そうです。彼によれば、信仰心が強く敬虔すぎる女性はヒステリー発作を起こしやすい。それはセックスを愉しむのは背徳であるという教育の結果で、性的な抑制によるストレスから発作が起こる」

レンは小声で確認する。

「継母の症状が、それに当て嵌まると言いたいのですか？」

「ノエル夫人のあの怯え方こそ、彼女が子供のころから母親によって清教徒(ピューリタン)さながらに抑えつけられていた証拠でしょう」

「……」

イザイの読みは、おそらく正しいのだろう。

継母が繁殖以外の性行為を悪徳と考えていることは、その価値観を刷りこまれながら厳しく育てられたレンが一番よく知っている。

自慰をしないように、どんな寒い夜でも眠るとき毛布のうえに両手を出しているようにと強いられた。

――あんなものは、ただの排泄行為なのに。

あの夢で感じる快楽に比べれば……。

ここ一ヶ月ほど、あの夢を頻繁に見ている。

カイル・バイロンと再会し、彼と顔を合わせない日のほうが少なくなったせいだ。

彼は「ノエル商会を潰しにきた」と宣言したとおり、従業員とともにあらゆる場面で妨害行為に及んだ。レンの事務所に訪れる得意客を向かいの建物に招いて奪ったり、積荷の着く波止場で人足を横取りしたり、お蔭で従業員同士の小競り合いも頻発していた。

その度にレンはカイルのところに行って抗議をするのだが、あのふてぶてしい男が謝ったり譲歩したりするわけがない。

『お前のところの客が俺のところに流れるのは、こっちのほうが魅力的な品物を揃えているからだ』

『人足がうちに集まるのは、高い賃金を払っているからだ。安く人を使おうとするそっちに問題があるんだろう』

カイルに対抗するために、レンのほうはロンドン中を駆けずりまわる日々だ。

そうして心身ともに疲弊（ひへい）しているのに、眠ればあの夢を高確率で見てしまう。

なんとか夢を退けようとするあまり、慢性的な睡眠不足に陥っていた。いまも頭の芯がくらくらしている。

ふと、瞬きをする。いつの間にか、腰にイザイの手が這っていた。

驚いて身体を退こうとすると、逆に腰を抱き寄せられた。

金の眸が迫ってくる。

「あなたのなかにも深い抑圧がありそうですね、レン・ノエル」

核心を衝（つ）かれて、鳥肌がたつ。

イザイはいったい、なにをどこまで見透かして、こんなことを言ってくるのだろう。

観察によるのか、あてずっぽうか、あるいはまさか魔女的な力を使っているのか。

「抑圧を解くのは簡単です」

フロックコートの臀部(でんぶ)へと男の手が這う。

「思いきり欲望に身を投げ出してみればいい」

「……欲望に身を」

あの夢が頭をよぎる。男同士の性器が触れ合う感触が、なまなましく甦る。

イザイが囁く。

「よければ、わたくしが解放のお手伝いをしてさしあげましょう」

十八歳のころ娼館に足を踏み入れたことがあった。あの時は逃げ帰ってしまったが、きちんと解放すれば楽になれるのだろうか？

――そうしたら、あの夢を見なくてすむようになるのか…。

イザイの手がフロックコートの内側に入りこみ、その指先が舐めるように尾骶骨(びていこつ)に触れた。そこから悪寒にも似たざわめきが、脚の狭間へと拡がっていく。膝が緩みそうになって、マントルピースに手を這わせる。

普段なら冷ややかに撥ね退けるのに、強い眠気と、楽になりたい誘惑とが絡み合って、レンの動きを阻(はば)んでいた。

もし父が部屋に入ってこなかったら、イザイに唇を奪われていたかもしれない。

レンはふらつく足取りでシガールームを出て行きながら、父がイザイに小声で話しかけるのを聞く。

「例の、フランケンシュタインの件ですが……」

# 7

昨夜は、あの夢を見ないですんだ。

ほとんど一睡もしなかったからだ。

「旦那様、お顔色が悪いですが大丈夫ですか？」

馬車に乗ろうとすると、馭者のビルが心配そうな顔で訊いてきた。

「ああ、ありがとう。大丈夫だよ」

「もし具合が悪くなったら、すぐに言ってくだせえ」

ビルは二十歳になったばかりで、地方から出てきたために訛りがある。茶色い髪と眸をした純朴な青年だ。

できるだけ揺れないように気を配りながら、港まで馬車を走らせてくれた。今朝早くに入港する船で届く品物を確認する必要があるのだ。

波止場は深い霧に包まれていた。予定時刻を過ぎているのに、船はまだ着いていなかった。それでノエル商会専用の倉庫で待とうと波止場を歩いていたのだが。

眠気と霧が相まって、意識が揺らぐ。

ふらふらと歩いていると、突如、目の前に馬が現れた。驚いた馬が後ろ脚で立ち上がり、いななく。高々と上げられた前脚が、レンへと勢いよく振り下ろされた――。


腕が温かい。

毛布のなかにいた。

『レン…』

掠れた若者の声がする。レンはほっとして、重い瞼を閉じたまま涙声で訴える。

『嫌な夢を見てました』

『ふーん？　どんな？』

胸が温かくなる。男の裸体に抱きつく。言葉よりも肉体で、伝えたい。

どんなに一緒にいたいのか。こうしていられるのが、どれだけ幸福なのか。尾骶骨のあたりがむずむずする。男の指がそこを優しく撫でていた。

心臓が怖さと期待に、激しく波打つ。

上擦（うわず）った声で呼びかける。

『カイル…っ』

耳元で妙にはっきりとした声が呼び返してきた。

「レン」

ビクッとして目を開ける。

「あ……」

床に置かれたランプがあたりをほのかに照らしている。どこかの倉庫のようだ。そして自分は床に横たわっている。

髪を指で梳かれる感触に、驚いて視線を上げる。

「――――」

金の髪と翠の眸を目にした瞬間、心臓が大きく跳ねた。まだ夢のなかにいるのかと疑い、幾度も瞬きをする。

カイル・バイロンがこちらを見下ろしていて――自分は彼の腿に頭を載せていた。

「……、わたし、は」

慌てて上体を起こそうとしたが、頭の芯がぐらぐらする。額をやんわり押さえられて、ふたたび膝枕をされてしまった。

「お前は荷馬車に轢かれそうになって、転倒して頭を打ったんだ。そそっかしい奴だ」

気のせいだろうか。声音や口調にわずかな甘みがある。

「どうして、あなたが」

「波止場で載せる積荷のチェックをしていたら、人が轢かれかけたって騒ぎがあって、お前が倒れてた」

本当はなぜ自分を介抱してくれたのか、と訊きたかったのだが、改めてそれを口にするのは躊躇われた。まるで、なにか特別な答えを期待しているみたいになりそうで。

——この男に、なにも期待なんてしていない。

それなのに、カイルに膝枕をされて髪を撫でられているせいで、ついさっきまで見ていた夢に引きずられそうになる。裸で抱き合っていたのだ。しかも、いつもの判で押したような夢と内容が少し違っていた。あのまま夢を見つづけたら、どんな行為をしていたのだろう。

尾骶骨のあたりに痺れが溜まっている。

髪を撫でていた男の指がツ…と耳の縁をなぞった。そのとたん、腰の後ろがキュッと縮んで、反った。

「っ」

顔が異様に熱くなって、レンは這いずるようにカイルの腿から頭をどかした。

「どうした？」

顔を見られないようにそむけながら険しい声音で返す。

「これからはわたしが倒れていようが、放っておいてください。潰したいのなら馬車に轢かれて死ねば、むしろ好都合でしょう」

「死にたがりは、相変わらずか」

苦笑交じりの声でそう呟いて、カイルが立ち上がる。

「ここはうちの倉庫だ。具合がよくなったら勝手に出て行け」

立ち去る男の後ろ姿をレンは横目で見る。カイルはフロックコートを着ていなくて、いまさらながらに自分の身体にコートがかけられていることに気づく。腕が温かいのは、そのせいだったのだ。

夢のなかのカイルと現実のカイルは別物なのだと、頭ではよくわかっている。

それなのに夢の延長のように心臓が反応してしまう。夢の感情がともすれば染み出してきそうになる。

レンはカイルのフロックコートを身から剝がして、無理やり立ち上がった。眩暈(めまい)がして、横に積まれていた木箱に手をつく。そうして改めて倉庫を見回した。

――ここはカイルのところの倉庫だと言っていたな。

商売敵をこんな場所にひとり置くとは、カイルも甘い。

レンは床からランプを持ち上げると、バイロン商会の輸出入品を端から検めはじめた。葉巻、香辛料、象牙、織物、そして紅茶の茶葉の箱に行きつく。ノエル商会も利用しているスリランカのプランテーションで作られているものだ。箱のなかの袋を開けると芳醇(ほうじゅん)な香りが漂った。ひと摘(つま)みを口に含んでみる。

みるみるうちに苦い顔になり、レンは舌打ちした。

「そういうことだったのか」

港での仕事を終えたあと、レンは馭者のビルに事務所に向かうように告げた。馬車に揺られながら、座席の横に投げ置いたフロックコートに忌々しい視線を向ける。

事務所の前で馬車を降りて道路を渡り、向かいのバイロン商会のドアノッカーを鳴らすと、ラウンジスーツに身を包んだ従業員がドアを開けた。相手が警戒の表情を浮かべる。

「これは、ノエル商会の」

「カイル・バイロンに大事な用件があります。こちらにおいでですか？」

「いえ、カイル様はおられませんが、ご用件とは？」

レンは腕を軽く上げて、そこにかけたフロックコートを示した。

「これをお返ししに来ました」

「カイル様のものですか。それなら、こちらでお預かりします」

「わたしが借りたものですので、直接お返しします。彼はいま、どちらに？」

従業員が戸惑った表情をしたのちに、「少しお待ちください」と言って奥に引っ込んだ。窓からなかを覗くと、奥の壁に取りつけられた電話をかける従業員の姿が見えた。しばらくしてふたたびドアが開き、一枚の紙を渡された。

「カイル様はこちらにおられます」

記されている住所は、ロンドン西側の富裕層が居を構える地区だった。おそらく、カイルの邸だろう。レンはすぐにビルにその住所を告げて、馬車で向かった。

カイル・バイロンの邸は双翼を持ついかめしい佇まいの建物だった。

さきほどの電話でレンの来訪を承知していたのだろう。すでに邸の正面扉の前に執事(しつじ)が立っており、「お待ちしておりました。レン・ノエル様」と慇懃(いんぎん)に出迎えた。そのまま、邸のなかへと招じ入れられる。

外観と同様に、邸内も飾り気がなく、そのせいか空気が薄ら寒かった。大理石のフロアは埃(ほこり)ひとつなく、扉や回り階段の手摺(てすり)は美しく磨(みが)き上げられているが、人が生活している雰囲気は薄い……どこか廃墟(はいきょ)めいていて、そのせいか子供のころ誘拐されたときに連れこまれた邸を思い起こさせた。

そういえば、この邸の外観も、あの深い森のなかの廃墟に似ていたのではないか?

「旦那様は二階でお待ちです」

執事は先導する気がないらしく、階段を掌で示した。

レンはひとりで階段を上りながら、強い既視感(きしかん)に囚われていた。ひとつ段を上がるごとに時間が巻き戻されていくかのようで。

階段を上りきると、扉がいくつも並んでいた。記憶のままに、そのうちのひとつを開ける。

カチリと、巻き戻されていた時間が十二年前で止まった。

そこにあったのは、かつて誘拐されて一週間を過ごした部屋だった。

窓のかたち、家具の配置、そして丸い瀟洒なテーブルに着いている男。

「――――」

自分は幻を見ているのだろうか。

カイルが椅子を指差す。

「座って、アフタヌーンティーに付き合え」

眩暈を覚えながら、レンは言われるまま椅子に座った。テーブルのうえにはふたりぶんのティーカップや皿が並べられていて、皿には切り分けられたマデイラケーキが載っていた。カイルがティーカップのなかで蜂蜜を絡めたスプーンを回す。

それらをぼんやりと見ていると、カイルがフォークに刺したマデイラケーキをレンの口許に運んだ。

「食ってみろ」

いまの自分たちの関係では従うわけがないのに、レンは口を開けてしまう。ケーキの欠片を噛む。かすかなレモンの風味が口から鼻へと拡がる。あの時とまったく同じ味だ。そしてカイルが、あの時とまったく同じことを言う。

「焼きたてだ。うまいだろ」

――引きずられるな。

レンは慌ただしく室内に視線を走らせた。

窓にかかっているカーテンが深緑色の新品だ。窓の外の景色は森ではなく、ロンドン西部の高級住宅街だ。落ち着いたクリーム色の壁紙は、どこも破れたり変色したりしていない。

そして最後に、カイル・バイロンを見る。

十七歳だった明るく笑う若者ではない。二十九歳の、謀略(ぼうりゃく)に長(た)けた大人の男だ。

レンは紅茶を口に含んで、冷めた視線をカイルに向けた。

「うちから横領した茶葉の味がします」

カイルの眼差しが鋭くなる。

「なんのことだ？」

「ノエル商会で扱っているスリランカ産の茶葉は、プランテーションと特別契約をして一級品だけを選り分けてもらっています。それがここ数ヶ月で急に茶葉の質が落ちました。現地に問い合わせをしても手配に問題はなく、奇妙に思っていたのですが」

本当に間の抜けた話だ。

この男は海千山千の盗賊出身なのだ。彼が現れてノエル商会を潰すと言った時点ですぐに関連を疑うべきだった。

「スリランカからの船のなかで、積荷の中身をすり替えさせているのですね。そうして、うちの高品質の茶葉をバイロン商会で売り捌いている」

ノエル商会の評判を落としつつバイロン商会の評価を上げられる。一石二鳥というわけだ。

沈黙ののち、カイルが唇の片端を上げた。

「うちの倉庫を調べたわけか」

「あなたが機会をくれたので」

レンは冷笑する。

「商人のルールなど守る人ではないと、もっと早くに気づくべきでした」

「そうだな。お前は所詮、食い物にされるしかないお坊ちゃまだ」

「……、昔とは違います」

「そうか？」

カイルの手が伸びてきて、レンの腿に触れた。視線を下ろすと、そこにはカイルのフロックコートが置かれたままだった。カイルの手と一緒にフロックコートを腿から除ける。

「今朝はお世話になりました。よけいなことでしたが」

コートを受け取りながらカイルが目を眇める。

「介抱してやってるときは可愛かったのにな」

「意識が朦朧としていただけです」

「俺に膝枕されて、俺の名前を寝言で呼んでたが？」

「────」

頬がヒクリと痙攣してしまう。カイルが揶揄する声で追い討ちをかける。

「甘え声で、俺の名前を」

椅子から立ち上がろうとするレンの右腿を、幅広の手がうえから押さえこんだ。そのままカイルが椅子から腰を浮かせて身体を寄せてくる。まるで猛獣に腿を爪で縫い止められたまま喰らわれようとしているかのようだ。

絡まった視線を外せず、レンは自然と仰向く。

夏草色の眸がかすかに煌めいたように見えた。昔のように。

唇を、熱くてしたたかな唇で潰される。レンは我に返って拳を握った。しかし振り上げたそれは簡単に男の手に握りこまれてしまう。

「やめ…、────」

拒絶の言葉に開いた口のなかに舌を突っこまれる。

「う…う…、ん」

十二年前とも、夢のなかで味わってきたものとも、違う。

蹂躙するためのキスだった。レンの弱い場所を執拗に責めたてる。舌の裏の深い場所を舌先で捏ねられて、脚がビクビクする。頭のなかでぐちゅぐちゅと卑猥な水音が響く。顎を唾液が伝い落ちていく。

舌を抜かれる瞬間、身体がぶるっと震えた。

頭が朦朧として、まるで高熱が出ているときのように全身がざわついている。テーブルに手をついてなんとか立ち上がろうとすると、カイルの腕に腰をかかえられた。もつれる足で無理やり歩かされてから放り投げられる。

勢いよく倒れこんだけれども、衝撃はマットレスにやわらかく吸収された。ベッドから起き上がろうともがくレンのうえに、カイルが圧しかかる。

「カイル・バイロン！」

なんとか声を張る。

「どいてください。用はすんだので帰ります」

「生憎、俺の用はここからだ」

両手で男の肩を摑んで押し退けようとするのに、ふたたび顔が重ねられる。ぬるりと入ってきた舌に歯を立てる。血が出るほど嚙むのに、カイルの舌が口のなかを這いまわる。鉄っぽい味が口のなかに拡がり——唾液とともにそれを飲みこんでしまう。

フロックコートもベストも着たまま、スラックスを留めているサスペンダーを外される。口を犯されながらも男の手を止めようとするけれども、力ずくでスラックスを腿のなかばまで下げられた。

　せめてシャツの裾を引っ張って性器を守ろうとするのに、両手首をまとめて摑まれて胸のうえで押さえられる。

　カイルが荒い息をつきながら上体を起こしてレンの腿に腰を下ろした。

「ここも、ずいぶんと成長したみたいだな」

　おそるおそる自分の身体を見下ろすと、シャツの前垂れ部分が明らかに持ち上がっていた。しかも頂になっている部分に濡れ染みができている。

　ここにいる男は、夢のなかの都合のいい偽物とは違う。そうわかっているのに、心臓も肉体も条件反射のように反応してしまっていた。

　口惜しさと恥辱に、レンはカイルを睨む。

「勘違いしないでもらいたいです」

「なんの勘違いだ？」

「あなただから反応しているわけではありません」

「ほかの男相手でも簡単にこうなる色情狂ってことか？」

　煽られて、口走ってしまう。

「あなたより、ほかの人のほうがずっといい」

　カイルが蔑むように顔をしかめた。

「イザイのことか」

なぜ、ここでイザイの名前が出てくるのかと考え、そういえばイザイに手の甲にキスをされているところを、カイルらしき男に馬車から見られたのを思い出す。

まったくの勘違いだが、この状況から逃れられるなら、かまわない。彼には錬金術師、降霊術師、人造人間の創り手といった、いくつもの気味の悪い風説がある。その男と深い関わりがあると言えば、カイルも引くだろう。

「そうです。イザイのような者はそうそういません。彼とわたしは特別な――そう、特別な繋がりがあるのです」

「そうか」

カイルが呟きながら、みずからの首元からアスコットタイを引き抜いた。それでレンの両手首を縛り、ベッドの飾り枠に縛りつけた。一連の動作があまりに素早かったために抵抗しそこねた。

「――、な、なんのつもりですかっ」

遅ればせながらもがくと、カイルに顎をぐっと摑まれた。侮蔑の色を浮かべた眸に見下ろされる。

「あの下種男を誑しこんだ身体を、俺が検めてやる」

退けるつもりが、逆に刺激してしまったのだ。しかしいまさら、イザイとそのような関係ではないと――それどころか、誰ともそういう関係を結んだことがないなどと言えるわけがない。

精一杯の虚勢(きょせい)で、レンは黒い眸を冷たく固める。

膝のあいだに、カイルが膝をつく。半端に下ろされたスラックスのせいで足掻(あが)くこともままならない。閉じられない内腿に男の手が伸びる。強張る肌に大きな手形をつけるみたいに、掌をきつく押しつけられた。それから肌質を確かめるように撫でられ、少しずつ手の位置が深くへと移っていく。

指先が、狭間に当たった。

ただそれだけなのに予想外のこそばゆさが生じる。

戸惑っているうちに、狭間を縦にツ…となぞられた。

「あ…」

吐息とともに小さく声が漏れてしまって、自分で驚く。慌てて唇を噛み締めた。

双嚢(そうのう)の裏から尾骶骨に向けて、カイルの中指が這っていく。後孔に触れられたとき、情けないような心地になった。指がそこを通り過ぎて尾骶骨に載った。コリコリとそこをいじられると、腰の後ろがキュッと反る。そのせいで、まるで下腹部の茎を突き上げるような姿勢になった。

尾骶骨から指が離れて、来た道を戻りだす。

窄まりのうえをなぞられたとき、孔がヒクッと震えてしまった。そこにはもう触れてほしくない。なんだか、とても嫌だ。

「もう、もう検めるのは、いいでしょう」

「そうだな」

ほっと安堵して気を緩めたとたん、後孔のうえに指先を載せられた。簡素な襞を乱すように指が蠢く。

「や…ぁ」

「ヒクヒクしてるな」

レンは首を激しく横に振って、懸命に窄まりに力を籠めた。

「なんだ。まるで処女みたいに硬く拒んで」

カイルがそこに指を挿れようとしているのだと察せられて、レンは青ざめる。なぜ、そんな汚いことをしようとしているのか理解できない。決して入られるものかとさらに硬く閉ざすと、カイルのもう片方の手も脚のあいだに差しこまれた。

尾骶骨に触られる。

「ここが好きなんだろ」

小さな骨を嬲られて、レンは反射的に腰を反らして性器を突き出してしまう。

「ゃ――、――」

シャツの裾が大きく持ち上がっていく。それを下に引っ張りたいのに手は拘束されている。いまにもペニスが露（あら）わになってしまいそうだ。

臀部の端の骨を摘まれながら、窄まりをいじられて——。

「ひ…ぅ」

カイルの指先が体内に入りこんでくるのを、なまなましく感じる。懸命に押し出そうとするのに、さらに深く入られる。

脚のあいだに指を刺されて、レンは腰をヒクヒクと震わせる。なかで長い指がくねり、壁を拡げようとする。締めつけて抗うと、また臀部の奥の骨をいじられた。

「やっぱり慣れてるな。しゃぶりついてきて、いい具合だ」

二本目の指を強引に挿れられて、レンは自分の二の腕に顔をきつく埋めた。

——いた…い。

我慢しているレンの体内をしばらく弄（もてあそ）んでから、指が抜けた。カイルがベッドを降りる。

終わったのかと期待したが、彼は蜂蜜の瓶（びん）を持って戻ってきた。

「お前のなかを甘ったるく、とろとろにしてやる」

蜂蜜を絡めた二本の指を、ふたたび蕾（つぼみ）に刺された。

「熱いから、よく溶けるな」

いくらか慣れたのか、蜂蜜のせいなのか、なかで指を動かされてもさっきほどはつらくない。これなら耐えられそうだと思いはじめたころ、薬指を足された。苦しさにレンの膝は開いてしまっていた。しかし半端に下ろされたスラックスに阻まれて、開ききれない。

「なんだ？　そんなに俺に股を開きたいのか？」

下品なことを言いながらカイルがようやく指を抜く。そしてレンのスラックスを脚から抜き去り、靴下と靴も取り去った。

上半身はフロックコートまで身に着けたまま、下半身だけを剝き出しにされていた。カイルが自身のベストの下のサスペンダーの留め金を外す。スラックスが下ろされたとたん、激しく屹立(きつりつ)したペニスが露わになった。それでなにをしようとしているのかは薄っすらと想像できたが、とうてい受け入れられない。

懸命にずり上がって首を横に振るレンの脚を、カイルが摑んで引きずり戻す。淫らに腿を開かされながらレンは抗議する。

「こんな真似、許されません！」

スラックスを下ろしただけで靴も履(は)いたまま、カイルが腰をレンの脚のあいだに入れる。

「誰が許さないんだ？　神様か？」

指とはまったく違う、なまなましい感触の重たいものを窄まりにぐっと押しつけられる。ぐちゅりと濡れた音がして、襞が丸く引き伸ばされていく。

「ひ…」

「そんな必死に拒むな。いつもみたいに愉しめ」

こんな酷い行為などしたことはない。純潔な身体にカイルが深く圧しかかる。

「ぁ……ぁあ」

亀頭の張りを無理やり押しこまれていく。襞が破れそうな痛みと怖さに全身が震える。

「ん……、凄（すご）いな、きつい」

カイルが嬉しそうに呟く。

レンは自分のフロックコートの腕の布をきつく噛んだ。そうしていないと悲鳴をあげてしまいそうだった。

――支配されるのは……嫌、だ。

決してもう二度と、支配される側には落ちないと誓ったのだ。

極度の緊張に強張る粘膜を、男にじりじりと奥まで拓（ひら）かれていく。

「もう半分も入ったぞ」

耳元で囁かれて、まだそれしか入っていないのだと知る。すると、カイルが腰を退いた。

このまま抜いてくれるのかと期待した次の瞬間、突き上げられてさらに深くまで挿れられた。

「っ……ッ……」

「いいのか？」

弱みを見せたら支配される。初めての行為がつらくてたまらなくても、それを隠さなければならない。だから、レンはコートの腕を噛んだまま頷いて見せた。

「なら、もっと悦くしてやる」

ねっとりと体内を掻きまわされて、レンは涙ぐんだ目を彷徨わせる。カイルと目が合う。視線を重ねたまま、体内を歪められ、擦られていく。

金の髪が揺れて、夏草色の目が気持ちよさそうに眇められる。男の大きな身体が自分のうえで動物のように蠢く。

痛くて苦しい――のに、なにか得体の知れない感覚が湧き上がってきていた。

根本まで繋がれて、脚のあいだを密着した肌にぐうっと押される。そのままカイルの両手がレンの臀部を鷲摑みにする。薄い肉を引き千切ろうとするかのように揉んでから、尾骶骨を指先で転がす。カイルが喉で嗤う。

「動かなくても、絡みついてくる」

粘膜が戸惑いながらも男を揉みこむのが、自分でもわかった。

尾骶骨をいじられまいとして、レンは懸命に腰を右に左によじる。

「自分で腰を振って、ねだりすぎだろ」

カイルが体内を打つように腰を遣いはじめる。

「ん…んん、んーっ」

喉が勝手に鳴ってしまう。すると、厚みのある親指を奥歯のあいだへと捻じこまれた。上下の歯が開いて、コートを噛んでいられなくなる。

「ぁ…っ、あ――ぁ」

自分のものとは思われないような、いやらしい声が漏れた。驚いて声を殺そうとするけれども、指に阻まれて口を閉じられない。

カイルが腰を大きく突き上げては回して、深い場所を掻き乱す。そうしながらも執拗に尾骶骨をくじるのだ。

「あぁぁ、っ、ん、あ、…ひ」

レンは無意識のうちに宙に浮いている腿を大きく開いてしまっていた。内腿が伸びきってビリビリする。

はしたない姿で声をあげるレンを見下ろして、カイルが吐き捨てるように言う。

「男好きの色情狂だったのか。見た目ではわからないものだな」

そして本格的に犯す行為に入った。

粘膜をゴリゴリと激しく擦られてレンはもう身動きもできなかった。カイルの動きがどんどん小刻みになっていく。

「いま、なかに出してやるからな」

朦朧としていたレンはその言葉で我に返った。

異性との生殖目的以外の射精は、排泄行為にすぎない。

カイルは自分のなかに排泄しようとしているのだ。それはあまりにも屈辱的で、レンは首を横に振ってもがいた。浮いていた足の裏をなんとかシーツについて、腰をずり上げる。繋がりを抜こうとするのに、逃げたぶんだけ男が突き上げてくる。

ベッドの頭の飾り枠に両手を拘束されたまま、レンは身体を丸めるかたちで押し潰された。嫌がっているのを察したカイルが、上擦った声で教える。

「ああ…出る…っ――」

熱くてどろどろしたものが自分のなかに放たれていくのを感じて、レンは自分がいま、男に支配されているのだと身体で思い知らされる。

「ぃ…や」

口走ってしまう。

「なか、は、嫌だ…」

「まだ出てる。わかるだろ。…ん、ぁあ――まだだ」

「――ぅ…う」

何度も腰を震わせてから、カイルがやっと腰を退いた。長々としたものを抜かれていく感触の気持ち悪さに、レンは身体をビクつかせる。

「これだけ俺の種を蒔かれたら、お前はもう俺のものだな」

「――――」

レンは抵抗に黒い目を光らせた。

「手を解いてください」

「なんだ？　可愛く殴るのか？」

バカにしたように言いながら、カイルがレンの手首のアスコットタイを解いた。そして、殴らせてやるといわんばかりに頬を差し出してくる。

レンはその肩を押しやって上体を起こした。

そして脚を大きくＭ字に開く。なにごとかと眉をひそめるカイルに見詰められながら、自分の脚のあいだへと手を伸ばした。犯された場所に触ると、そこはねっとりとした精液でどろどろになっていた。

屈辱感とぞわりとする体感を抑えこみながら、レンは荒らされて小さく口を開いたままの孔に中指を挿れた。体内で指を折り曲げて、カイルの種を掻き出す。何度も何度も掻き出すのに、新たな白濁がいくらでもシーツに垂れていく。

指を根本まで入れて、届く範囲のものはなんとか出した。

そしてカイルに冷ややかに告げる。

「あなたのものではありません」

片膝立てて眺めていたカイルが、にやりとした。

「そうか」

そして一気に重心を前に倒して襲いかかってきた。

腰を掴まれて俯せにされる。背後からふたたび、男のものを突き入れられる。

「――、も、う、もうしませんっ」

這いずって繋がりを外そうとすると、尾骶骨を強い指で捏ねられる。

レンの腰の後ろがキュッと収斂して、男が犯しやすい角度に跳ね上がった。そこに一気にペニスを根本まで嵌めて、カイルがレンの耳の後ろで低く囁いた。

「俺はお前を軽蔑してる。お前こそ、ルールを守る気のない人でなしだ」

# 8

「バイロン商会に買収された船員が、船荷の中身を入れ替えていたということか」

本店を訪ねて報告をおこなうと、父は茶色い顎鬚を指でひねった。

「なるほど。あの新参者の仕業だったわけだな」

「カイル・バイロンは手段を選ばない男です」

なんといっても前身が盗賊なのだ。

しかし父は「翠の翼」の名は知っていても、カイル・バイロンの名は知らない。そしてレンもそれを言う気はなかった。

父子のあいだで、十二年前の誘拐事件は触れてはいけないものとなっている。あそこで本当の意味の父子関係は終わったのだ。父は息子を見捨て、息子は自分が無価値であることを突きつけられた。ただ誘拐から生還した以上、表層的な関係を続けなければならなかっただけで。

そしてその表層的な関係は、深い罅の入った器のように慎重に扱われてきた。

こんな水も入れられないような器でも、無価値な自分が今後、この世でのし上がっていくためには役に立つ。それまではせいぜい、飾り棚でかたちを保っていてもらわねばならない。

だからこそ、カイルと父を遠ざけておく必要があった。

「彼の対処はわたしに任せてください。船荷のことについても、これからすぐに手を打っておきます」

「うむ…、では頼んだ。逐一、報告をするように」

父の考えていることはわかる。

レンがうまく対処すればそれで解決であり、もし対処しそこなって損失を出したところで、役立たずの長男に貴族への婿入りを急かす口実になる。

——決して、失敗はできない。

父に都合のいい手駒になることも、カイル・バイロンに支配されることも、どちらも退けるのだ。そのためならどんな手段も厭わない。

——それでは盗賊上がりと変わらないか。

本店をあとにして馬車に乗りこみながらレンは自嘲し、眉を歪めた。

『俺はお前を軽蔑してる。お前こそ、ルールを守る気のない人でなしだ』

カイルが口にした言葉だ。

あれはいったい、どういう意味だったのだろう。ただ貶めたいだけだったのかもしれないが、腑に落ちないものを感じていた。

本店からじかに船会社の事務所に向かい、責任者と今回の件を話し合った。船員への監督不行き届きと業務不備を糾弾し、今後の対策とともにノエル商会に有利な条件をいくつか呑ませることに成功した。当然、バイロン商会へのペナルティも科し、スリランカからの荷物は積ませないこととなった。

昨日は酷い蹂躙のされ方をしていまだに肉体にダメージは残っているが、カイルに支配されたのはひと晩のことにすぎない。

自分はこうしてカイルに反撃できるのだ。

隷属者になりたくなければ、支配者になるしかない。

――カイル・バイロンを隷属させる。なにをしてでも。

なかば熱に浮かされたように、そう決意する。

それからは連日、バイロン商会に妨害されていると考えられる案件をすべて検討し、次々にその対策を立てていった。カイルを服従させるための一手だと思うと、強い興奮を覚えた。だから波止場や街中でカイルと顔を合わせる機会があっても、レンはまったく動揺しなかった。むしろ、さらに闘争心を掻き立てられた。

半月ほどが飛ぶように過ぎた。

その日、レンは達成感とともに帰宅した。バイロン商会を……カイル・バイロンを潰す包囲網はほぼ完成した。彼が打ちのめされる姿を見られるかと思うと、自然と笑みが漏れてしまう。

しかし、機嫌よく邸に帰ったレンを待ち受けていたのは、使用人ふたりの青ざめた顔だった。

「旦那様、お客様がシガールームでお待ちです」

「お帰りいただこうとしたのですけど、旦那様の帰りを待つと勝手に入ってこられて……」

そんな傍若無人（ぼうじゃくぶじん）な振る舞いをする男は、ひとりしか知らない。

脱いだトップハットを使用人に渡しながら言う。

「心配ない。わたしが対処する」

——早速、文句を言いに来たか。

そろそろ包囲網のうちのいくつかが効（き）きはじめているころだ。

あの男は腹を立てているのか、焦（あせ）っているのか。さすがに泣きついてくるのは、まだ先だろう。最終的にはバイロン商会を買い取ってやってもいい。

レンは内心ほくそ笑みながらシガールームへと入って行った。

「お待たせしました」

カイルは窓のほうを向いて置かれたひとり掛けソファに座っていた。窓に姿が映りこんでいるが、俯いているため表情は見えない。葉巻の煙が溜め息のように流れる。

ゆったりとした足取りで背後から近づいていく。

「わたしになにかご相談でも？」

カイルがさらに深く俯いた。ダメージを受けている男の様子に、ぞくぞくする。

ソファの背もたれにそっと手を置く。そして、どんな表情をしているのか覗き見てやろうとしたときだった。

ふいに首元にカイルの手が伸びてきた。避ける間もなくアスコットタイを鷲掴みにされて引っ張られる。上体ががくんと前のめりになる。

深く俯いたままのカイルの横顔が見えた。

「——……」

彼は、嗤っていた。

レンは上体を起こそうとしたが、よけいにタイを引っ張られた。視線を合わせずに顔を寄せたまま、カイルがうまそうに葉巻を吸う。彼の口から流れ出るほのかに甘くて苦い葉巻の香りが、レンの鼻腔(びくう)深くへと滑りこんでくる。

「小細工をいろいろとしてるようだが、俺には通用しないぞ」

「——なんのことでしょう？」

「あの船会社は俺の傘下(さんか)に入った。ノエル商会は出入り禁止だ」

目を見開くレンを、カイルが横目で見る。

「お前のところはもう、あの船会社でひとつの荷物も運べない」

「……」

「いいか？　お前の算段は全部、墓穴になる。絞まるのは、お前のこの細い首だ」

心臓がドクドクと打つ。

「お前は俺の足許に跪いて、命乞いをすることになる」

口先の脅しではなく、カイルが本気なのが伝わってくる。確かにカイルの動きを阻むように動いている。でもそれは、そもそもカイルがノエル商会の仕事を妨害してきたからだ。

「――あなたは初めから、うちを潰すと宣言した。どうしてそこまで目の敵にするのですか？」

「それには、もう答えた」

「答えを聞いた覚えはありません」

「お前たちが、最低限のルールを守る気のない人でなしだからだ」

凌辱しながらカイルが口にした言葉だ。

「なんのことだかわかりません。わたしもノエル商会も、紳士的であることを旨としています」

「紳士的だと？」

カイルが憎々しげに顔を歪める。

「ハッ、嗤わせるな。人身売買をしてる奴らが、よく言う」

「――――人身？」

「とぼけるな。お前はイザイを誑しこんで、禍々しい方法で人間を売り捌いてる」

なにを言っているのか、まったく理解できない。

反応できずに黙りこんでしまうと、それを後ろ暗さゆえの沈黙だとカイルは思い違いしたらしい。摑んだままだったアスコットタイを千切らんばかりに引いて、レンを床に転倒させた。

カイルが立ち上がり、蔑みを籠めた目で見下ろしてくる。

「俺は盗賊の子として育ち、汚いことに手を染めてきた。だがな、名誉だとか地位だとかにしがみついたまま裏で人を踏み躙る奴とは、相容れない」

憤った足取りで部屋を出て行く男を、レンは床に倒れたまま呆然と見ていた。

カイルと入れ違いに使用人が駆け寄ってきた。

「旦那様っ、大丈夫でございますか？」

二十代なかばのしっかり者の女性だが、涙ぐんでいる。

「すまない。大丈夫だ」

彼女を落ち着ける笑みを浮かべながらレンは立ち上がった。しかし、靴の裏が床についている気がしない。

レンは使用人たちに出かけてくると告げて、邸の裏にある厩舎へと向かった。馬の面倒を見ていたビルに声をかける。

「緊急の用事ができた。馬車を出してもらえるか？」

「へい。かまいませんが、どちらに」

「イザイのところだ」

ビルが身震いして十字を切った。ロンドンでイザイの名を知らぬ者はいない。魔女どころか悪魔そのものだという噂まであるほどだ。

「こんな夜にあの方のところをお訪ねなさるのは……」

心配顔でビルが渋る。半月ほど前にカイルの邸の厩舎でひと晩待たされた挙句、翌朝レンが酷いありさまで馬車に乗ったため、神経質になっているのだ。ビルにも家事使用人たちにも不安な思いをさせているのは、雇い主として恥ずべきことだった。

イザイの邸の前に着いて馬車を降りると、ビルが「なにかあったら叫んでくだせえ。俺が助けに行きますんで」と真剣な面持ちで言ってきた。

ここは貧民街の外れだ。イザイは本来なら富裕層のエリアに住むべき人物だが、こちらのほうが肌に合うらしい。

蔦にびっしりと覆われた三階建ての邸はただならぬ瘴気を放っている。月も痩せた夜なだけに、なおさら不気味だ。絡み合った蔦がかかる窓から灯りが漏れているさまはまるで、こちらを盗み見る巨大な目のよう。

レンは気持ちを奮い立たせて、ドアノッカーを強く打った。

なかからドアを開けたのは、背の丸い大男だった。

「そちらの主人に急ぎの用があって来た。在宅しているか？」

男がのろりと頷く。

「い、ます。お待ち、くださ、い」

アクセントのおかしい細切れの喋り方だ。

ほどなくしてイザイみずから出迎えに現れた。

「これは、レン殿。ついにわたくしの想いが通じましたか」

「仕事の件で伺いたいことがあります」

「こんな夜更けに、色気のないことを」

「人身売買の件についてです」

レンの手の甲に口づけようとしていたイザイが動きを止めた。

「ほう。なるほど」

イザイは金の目を糸のように細くすると、レンの腕に腕を絡めてきた。

「奥でゆっくりと伺いましょう」

一刻も早く確認しなければと思って訪れたものの、レンは真実と向き合うことに恐怖を覚えはじめていた。

——いや、いくらなんでも父が人身売買などするはずがない。

自分に言い聞かせようとして、頭の片隅で冷ややかに思う。

——あの父だからこそ、するのではないか？

金を惜しんで息子の身代金を払わなかった男ならば、金のために人間を売ることもやりかねないのではないか。

レンが通されたのは、地下室だった。複雑な造りの巨大な天球儀が置かれ、棚には無数の瓶——レンはひとつの瓶を凝視した。なにかが液体に浸けられている……人の眼球のようだ——がずらりと並べられている。部屋の隅に白い人が立っていると思ったら、人骨の標本だった。

卓上型白熱電球が照らす広い机の天板には、鉱物や彫金道具、さまざまな手術器具がごちゃ混ぜに散らばっている。ここはイザイが彫金から錬金術、その他あらゆる魔術的実験をおこなう工房であるらしい。

その机の一角に背もたれのない椅子がふたつ並べられる。出された紅茶は血のように赤くて、とても口をつける気になれなかった。

「レン殿は人身売買の話を、どこからお聞きになったのでしょう？」

「その前に、事実かどうか確認させてください。ノエル商会が関わっていることなのかどうか」

厳しい顔で問うレンとは裏腹に、イザイは呆気ないほどさらりと答えた。

「真実です。むしろ奴隷貿易は、ノエル商会の本業と言ってもいい」

「――――奴隷、貿易」

レンは愕然としたのちに猛然と反論した。

「それはあり得ません。奴隷制度は五十年も前に廃止されて、奴隷貿易も重罪とされました。現在そんなことが商売として成立するはずがありません！」

「それが、成立するのです」

イザイが血の色の紅茶を啜って舌なめずりする。

「……」

『とぼけるな。お前はイザイを誑しこんで、禍々しい方法で人間を売り捌いてる』

カイルはそう言っていた。

普通の方法で奴隷売買をすることはできない。だが、イザイが「禍々しい方法」をもちいれば、それは可能になるということだろうか？

「あなたが、なにか――特別な方法で、抜け道を作っているのですか？」

その質問を待っていたと言わんばかりにイザイはいそいそと立ち上がり、棚からガラスの容器を持ってきて、それを机のうえに置いた。

手で握れるほどの大きさの筒状の縦長容器には液体が張られている。白熱電球の眩しい光を受けて、そのなかでなにか小さなものが金色にチカチカと輝く。不定形のそれが液中をゆっくりと泳ぎまわる。まるで、生きている金の粒だ。

「……これは？」

「錬金術の過程で生み出したものです」

世界の秘密を打ち明ける小声で、イザイが続ける。

「これには、人を支配する力があるのです」

「支配…」

イザイの手がレンのこめかみに触れた。

「ここに埋めこむだけでいいのです。個人の人格や記憶は残したまま、不自然なところなどなにひとつなく、本人の意思で隷属者となるのです。船旅の客のような顔で海を渡り、奴隷として売られていく。本人たちはそれを自分の意思だと思っているのですから、誰も取り締まれません」

荒唐無稽（こうとうむけい）な話のように思われたが、確かにそれならば奴隷売買で足がつく可能性は極めて低い。

「――父はそれをよしとしているのですか」

「わたくしと盟友ドクター・ゲールは長年の試行錯誤（しこうさくご）の末、七年ほど前ついに『金の根』

の量産と安定した作動方法を確立しました。それを打ち明けると、あなたの父上は『フランケンシュタインの時代が到来した』とたいそう興奮され、すぐに奴隷貿易に活用できないかと持ちかけてこられました。実に商魂逞しい方です」

レンはみぞおちがわななくのを感じる。

おぞましい真実に対する憤りなのか、あるいは父を侮蔑する嗤いなのか、自分でも判別がつかない。ただひどく気持ちが昂ぶっていた。黒い目を光らせて、ゆらめく金の小さな光を凝視する。

「美しいでしょう。わたくしはこれを『金の根』と名づけました。人のこめかみに埋めるとそこから脳へと根を伸ばすのです」

なにか甘いような香りがする。鼻と口を塞ぐように、濡れた布を押しつけられていた。

視界がぐらりとするなか、イザイの声が聞こえる。

「あなたの脳に金の根が張ったら、どんなに美しいでしょうね？」

「——そんなものを、頭に入れるな！」

自分の声で、レンはハッと目を覚ました。

「ゆ…め？」

イザイの邸を訪ねておぞましい真実を知る夢を見た。レンは頭を横に振り、視線を巡らせた。見たことのない部屋で、レンはソファに横たわっていた。陽光に光る窓には、蔦の影が這っている。

ざわりと鳥肌がたつ。

ここはイザイの邸だ。夢ではなく、自分は本当にイザイを訪ねたのだ。そして父が奴隷貿易に手を染めていることを知った。「金の根」というおぞましい力を持つものをもちいて。

そして自分はイザイに失神させられたのだ。

『あなたの脳に金の根が張ったら、どんなに美しいでしょうね？』

「ひ…っ」

上体を跳ね起こして、自分の左右のこめかみをまさぐる。傷のようなものはないが、埋められてしまったのだろうか。身体がガクガクする。

――支配されるのは、嫌だ。

それが誰であろうと、決して受け入れられない。ふたたび隷属者に堕ちるぐらいなら死を選ぶ。

絶望に身を震わせていると、ドアが開く音がした。イザイが入ってくる。

「素晴らしい朝ですね、レン殿」

レンは憤りと恐怖に満ちた眸でイザイを睨んだ。宣言する。

「わたしはあなたに決して隷属しません」

イザイが金の眸で大きく瞬きをしてから、ククク と喉を鳴らした。首を横に振る。

「レン殿。あなたはなにもわかっておられない」

そう言いながら、イザイが部屋の奥を指差した。四方に透けるカーテンを下ろされた天蓋つきベッドが置かれていた。

「——誰か、寝ている？」

「ご自分の目で確かめてごらんなさい」

警戒を張り巡らせたままレンは立ち上がり、ベッドへと用心深い足取りで近づく。そしてベッドの横に立ったときには目を見開いていた。

紗布(さふ)の向こうに横たわる、金の髪の男。

薄い布を掻き分けて確かめる。

「……カイル」

カイル・バイロンの裸体がそこにあった。厚みのある胸部を寝息にゆったりと上下させている。長くて逞しい腕や脚を、しどけなく投げ出して。

レンの隣に立ったイザイが溜め息をつく。

「どこもかしこも強靭で素晴らしい肉体です」

「――どうして、彼がここに？」

イザイがそっとカイルのこめかみにかかる髪を除けた。L字形の傷が、そこにあった。

レンは息を呑み、問い質した。

「まさか、カイルに『金の根』を!?」

「そうです。昨夜、あなたを眠らせたあとにカイル・バイロンを呼び出し、ドクター・ゲールに処置をしてもらいました」

「どうして、こんなことを」

「あなたが望んだからです」

「わたしは……」

「『金の根』を植えこまれた者は、目が覚めたときに初めて見た者に隷属します。初めのうちは意識がはっきりしませんが、三日もすれば元の人格と記憶を取り戻します。要するに、あなたはカイル・バイロンの支配者になれるのです」

イザイがキスをするように顔を近づけ、囁く。

「この男に勝利し、支配する。それが、あなたの望んでいたことでしょう？　わたくしは深くあなたを観察してきました。間違ってはいないはずです」

カイルに支配されたくないと思ったのは確かだ。彼に敗北を味わわせて跪かせたいと思ったのも本当だ。

　しかし、それはこのような強制的なかたちではなかった。

「どの道、カイル・バイロンの処分はサー・ノエルからも依頼されていたのです。しかし壊してしまうには惜しい男です。だから、このようなかたちであなたにプレゼントすることにしたわけです」

　うっとりとした表情でイザイが頬に口づけてきた。

「わたくしの愛は俗世の独占欲などとは質が違うのです。この愛をお受け取りなさい」

# 9

眠るカイルを、レンはベッドの縁に腰掛けて見下ろしている。

何度も、カイルが目を覚ます前にこの部屋を飛び出してしまおうかと考え、実際に部屋を出ようとドアノブを握ったりもした。しかし、それを回してドアを開くことはできなかった。

自分が去れば、カイルはイザイの隷属者にされるに違いない。そうなれば、あの背の丸い大男のように墓荒らしに駆り出されるのか――いずれにしても、まともな扱いはされないだろう。

しかし、なぜ自分がカイルの心配をしなければならないのか。

それにカイルを自分の隷属者にして、どうするというのか。

そもそも、「金の根」には本当にイザイの語ったような効果があるのだろうか。もし本当に効果があれば、それは父が奴隷貿易をしている証左(しょうさ)になる。

――それを確かめるためには、この部屋にいなければならないんだ。

自分にそう言い聞かせるものの気持ちは定まらず、やはり逃げ出してしまおうかと心が揺れだす。……それを延々と繰り返していた。

心と同じように揺れる眼差しを、カイルに這わせる。

さすがに裸体で放っておくのは目のやり場に困るので、その身体にはシーツをかけておいた。

隠されている胸から下の肉体は白いおうとつで浮き彫りにされ、まるで彫りかけの石像のようだ。野蛮な意思が封じられているせいで、力強い美しさが素直に表れている。

いつの間にか眠る男へと身体を深く傾けて、見惚れてしまっていた。

だからその瞼が静かに上がって夏草色の眸が現れたとき、ごく自然に目が合った。

「――――」

間近から一心に見詰められる。

上体を起こして距離を取ろうと思うのに、視線に搦め捕られて動けない。

そして、あり得ないことが起こった。

カイルの眉根が開き、目許がやわらぐ。口角が緩くほころんでいく。

無防備な、慕わしい者に向ける微笑。

それをカイルが自分に向けてきたのだ。頭の芯が痺れるような衝撃を、レンは覚えた。

胸が締めつけられる。

カイルが安堵の吐息をついてから、ふたたび目を閉じた。また眠ってしまったらしい。

レンは両手で自分の顔をきつく覆った。掌が頬の熱で爛れそうだった。

イザイの話では「金の根」を埋めこんでから、人格や記憶が戻って日常生活を送れるようになるには三日を要するとのことだった。

だからレンはカイルを自分の邸に連れ帰って、面倒を見ることにした。

馭者のビルもふたりの家事使用人も、主人が天敵である男の世話をすると言いだしたときには仰天した様子だったが、動く人形のようなカイルを見ると協力してくれた。

一日目、カイルはレンの寝室でほとんどの時間を寝て過ごした。

日曜だったがレンは教会にも足を運ばず、ベッド横にひとり掛けソファを置いて、そこでずっと本を手にしていた。しかし文字を目で追っていたはずなのに、気がつけばいつもカイルを見詰めてしまっている。彼が裸で自分のベッドに寝ているのは、とても奇妙な感じだった。

カイルはときどき目を覚ましてはレンを見て、ほっとした微笑を浮かべる。

その度にレンは、火照る頬を広げた本で隠した。

理性と心は、驚くほど違う動きをする。そして肉体は心に連動する。

一日目はスープだけを飲ませるようにとイザイに言われていたため、午後と夜に一度ずつスープを出した。しかしカイルの動きはぎこちなくて食べこぼしてしまうので、レンはそれをスプーンで掬(すく)ってひと口ずつ与えた。

カイルは素直に唇を開いて、受け入れる。そうしながらも、じっとレンを見詰めるのだ。なにか無性に照れくさくて、恥ずかしいことをしているような気持ちになった。

夜も更けて寝間着に着替えて就寝しようとしたところでレンは困惑した。自分のベッドにはカイルがいる。別室で寝ようかとも考えたが、異変があったりいなくなったりする危険もある。

思案した末、広いベッドであることだし同衾することにした。

眠るカイルの隣にそっと横になってみると、既視感が押し寄せてきた。十二年前にこんなふうにひとつのベッドで静かに過ごしたときのことが嫌でも甦ってくる。心臓の激しい鼓動がマットレスを伝って、カイルに届いてしまいそうだ。

だからできるだけ離れて、ベッドからいまにも転がり落ちそうな姿勢でなんとか眠ろうと努めた。その努力が実を結びかけたころだった。

マットレスが揺れた。

レンは重い瞼で瞬きをする。

背中が温かくて、胸元に男の手がある。

「え…」

横倒しの身体を、背後から抱き締められているのだ。驚愕してもがくけれども、よけいにきつく抱かれた。

後頭部に規則正しい寝息がかかる。

「……」

どうやら寝ぼけて抱きついてきたらしい。

相手は寝ているのだから他意はないのだろう――そう頭で理解しても、身体が緊張に強張る。胸元に当てられた大きな手には、あられもない鼓動が伝わっているに違いない。まるで走ったあとのように息が不安定になる。

頬も項も、焼けるように熱い。その熱があちこちに飛び火していく。

自分の身体を蝕んでいく異変に、自分の心を逆に教えられる。いくら理性ではぐらかそうとしても無駄だった。必死に忘れ、退けようとしてきた男の腕のなかで、レンは苦しさに耐えた。


二日目。

レンはいつもの平日と同じように、朝食を取り、仕事に出かけた。すべてを日常のままになぞりながら、帰宅したらカイルがいなくなっていることを願った。使用人たちには、カイルの好きなようにさせ、もし自宅に戻りたいと言ったら馬車を手配するようにと言っておいた。

カイルから逃れたいと思っている。

しかしその癖、彼を強制的に自宅に戻そうとはしていない。本当は違うことを期待し、願っているからなのかもしれなかったが、できるだけそれからは目をそむけて一日の仕事を終えた。

帰宅して帽子を女性使用人に渡しながら尋ねる。

「彼は？」

「シガールームにいらっしゃいます」

その報告に心臓が素直に跳ねた。

「今日はずいぶんとお加減がいいようで、食事のほうもきちんと取られました。夕食はご一緒にされますか？」

難しい顔を保つのに苦労する。

「そうだね。一緒でいいだろう」

そのままシガールームに直行する。カイルは窓を向いて置かれたひとり掛けのソファに座っていた。おとといとまったく同じその姿に、レンは緊張を覚える。もしかするとカイルは元に戻ってしまったのだろうか。

様子を窺いながら近づいていくと、頬杖をついて俯いていた男がこちらを振り返った。

目が合ったとたん、カイルが嬉しそうな笑みを浮かべて立ち上がった。

「おかえり。帰りを待ってた」

イザイに「金の根」を埋めこまれてから、カイルが初めて発した言葉だった。声音は安定して滑舌（かつぜつ）も自然だが――レンは戸惑う。自分に対してこんなふうに振る舞うカイルなど不自然すぎる。十二年前ならともかく、いまの関係では。

「あ、ああ。ただい……」

カイルに正面から抱擁（ほうよう）されて絶句する。耳元で甘く囁かれる。

「本当に帰りが待ち遠しかった」

十二年前に自分が望んでいたのはこういうことだったのだとレンは思い知る。

場所はどこでもいい。盗賊のねぐらでもいい。ただ、当たり前のように言葉を交わして触れ合える。そんなカイルとの日々を夢見たのだ。

その晩は、ふたりで食卓を囲んだ。

料理の感想程度の話しかしなかったが、燭台越しに視線を幾度も交わした。

食後にはカイルがバスルームを使うのを手伝った。回復してきたとはいえ、まだ螺子（ねじ）が何本か緩んでいるような状態だったから足を滑らせて怪我（けが）でもしたら困ると思ったのだ。

実際、食後のせいもあるのかカイルは浅いバスタブのなかでうつらうつらしはじめてしまった。

レンはシャツの袖を捲（まく）って、湯に沈む男の肉体に石鹸（せっけん）を擦りつけ、素手で洗っていく。首筋、腕、背中、胸、腹部、脚——躊躇ったのちに、陰茎に触れた。

カイルは眠ってしまっていて反応しない。たっぷりとした質量のやわらかな幹を扱（しご）くようにして、括（くび）れも丁寧に洗う。

そうしながらカイルの顔を注意深く観察する。わずかでも睫毛が動いたら、やめよう。

亀頭に指先を滑らせる。そこが張っているのを感じる。もう一度、幹の部分をそっと摑む。芯が生まれていた。

でもそれはカイルの肉体だけではない。レンの肉体にもまた同様の反応が起こっていた。

「ん…」

ふいにカイルが呻（うめ）いた。レンは慌てて湯から手を抜く。睫毛がゆっくりと上がって、濡れそぼった翠の眸が現れる。

「もう洗い終わりました」

「ああ」

カイルがざぶりと立ち上がる。逞しい肉体のうえを湯が滑り落ちていく。わずかに頭を擡（もた）げた器官を、カイルが訝しむように見た。彼にタオルを渡して身体を拭かせ、ナイトガウンを着させる。

――状態も安定したようだし、今日は客室を使わせよう。

理性的判断でそう考えたにもかかわらず、レンは客室の前を素通りして、カイルを自分の寝室に連れて来てしまった。

カイルがベッドの横でナイトガウンを脱ぎ捨てる。さっき浴室で見たばかりなのに、筋肉に絞られた背や臀部に視線を奪われる。……あの身体は自分を抱いたことがあるのだ。半月前に味わった凌辱の痛みや感触がなまなましく思い出された。

確かにつらかったはずなのに、腰が痛いほど甘く痺れる。

「先に寝ていてください」

そう言い置いて部屋を出る。

バスルームで水風呂に浸かってふしだらな熱を心からも身体からも追い出してから、レンは寝室に戻った。カイルはすでに眠っていた。その隣に横たわる。

昨日と同じようにカイルに背を向けて目を閉じた。とたんに、カイルの裸体がまざまざと脳裏に浮かび上がる。それを散らそうとするのに、肌の感触まで掌に甦る。

下肢にどうしようもない甘苦しさが溜まって、レンは目を開けた。

処理してからでないと眠れそうにない。浴室で自慰をしようと上体を起こしたとき、毛布が大きく捲れた。

月明かりに、眠る男の裸体が露わになる。

――……ああ。

頭が奥底から痺れた。感動と欲望とがひとつに固く結びつく。

もうどうやっても自制できずに、レンは寝間着の下衣のなかへと手を入れた。すでに熱くなって強張っている茎を握り出す。手の筒をわずかに蠢かすだけで、身体が芯からわななく。

「ふ…」

みずからのものを扱きながら、レンはカイルの裸体へと視線を這わせていく。

厚みのある胸板のうえで小さく粒になっている乳首。猟犬のように締まったみぞおち、筋肉のかたちがわかる腹部、腰骨から下腹部へと流れる筋。

躊躇うように視線を揺らしてから、少し暗い金色の叢（くさむら）を見る。そこから生えている、重たそうな長い陰茎。

「は…、ん」

この行為は、これまでしてきた自慰とはまったく違うものだった。

快楽が強すぎて、頭がくらくらする。腰が自然に浮き上がり、気がつくと膝立ちの姿勢になっていた。腿の表側が張り詰めてビクビクする。

ひと扱きごとに、ペニスが透明な蜜を垂らす。

「ぁ…、…ぁ……」

声を殺さなければならないのに、吐息とともに声が漏れてしまう。

手がぬるついて、チャッ…チャッ…という湿った摩擦音（まさつおん）がたつ。陰茎の奥で重たい快楽がどんどん膨らんでいく。茎の中枢（ちゅうすう）が引き攣れて――。

「あ、あ！」

白い粘液が性器の先から飛び出して、カイルの腰に重たげに降っていく。長々とした陰茎にもかかり、ねっとりと伝う。

がくりと腰を落としたあとも、身体の震えが止まらない。

処理したのに、欲望が靄のようにまとわりついたままだった。

熱に浮かされた人の目つきで、レンは自分のもので汚れた男の裸体を見詰めつづけた。

「おはよう、レン」

髪を撫でられる感触と、甘い声。

目を開けると、カイルが嬉しそうに自分の顔を覗きこんでいる。

三日目の朝になってカイルは初めてレンの名前を口にした。日常生活を送れるようになるまで三日かかるとイザイは言っていたが、そのとおり順調なようだ。明日になればもうここで管理する必要もない。

昨日、バイロン商会の事務所ではカイルと連絡が取れないと騒動になっていたから、レンはカイルに事務所に電話をかけさせて、旅行に出ていて明日戻ると嘘の報告をさせた。

本当にカイルが自分の言葉に従った言動をすることに、改めて驚きを覚えた。

レンは少し遅く邸を出て、一日の業務を終えて帰宅した。

前庭で馬車から降りたとたん、カイルが邸から走り出てきた。

「おかえり」

きつく抱擁される。

馭者のビルも、迎えに出た家事使用人たちも目を丸くしている。

「――ただいま。……離れてください」

カイルは身体を離したものの、レンの手を握り締めていた。そのまま邸へと引っ張られていく。

朝と比べても飛躍(ひやく)的に、カイルは復調していた。

「お前はいつも遅くまで仕事をしすぎだ。真面目すぎて要領が悪い」

夕食の席で、カイルは不遜な物言いで説教までしてきた。

「……よけいなお世話です」

　ぼそりと返すと、目を細めてからかう口調で言ってくる。

「今度俺が、うまい手の抜き方を教えてやる。そうすればもっと一緒にいられる時間が増える」

　その発言のせいで、デザートを運んできた家事使用人がトレーを落としそうになった。

　レンも飲んでいたワインで噎せてしまう。

　――隷属者なのか……これは？

　戸惑いながらもイザイの言葉を思い出す。

『個人の人格や記憶は残したまま、不自然なところなどなにひとつなく、本人の意思で隷属者となるのです』

　確かに、これなら以前からカイルを知っている者も不自然に思わないだろう。レン・ノエルとの関係を除いては。

　食後にバスルームをそれぞれ使ったあと、シガールームで葉巻とウィスキーを手に話をした。カイルは楽しそうに貿易業の話をして、言ったのだった。

「お前が貿易商になりたいと言ってたから、俺も同じ世界を見たいと思ったんだ」

　心臓をやわらかく握り締められたような感覚が起こる。

　これは隷属者としてのおもねる言葉なのだろうか。それとも、彼の記憶と価値観から来る真実なのだろうか。

いや、真実のはずがない。

彼は身代金を払わないような心無い親の下に、レンを突き返したのだ。

「またこうして、お前と過ごせて夢みたいだ」

隷属者の偽りの言葉だと頭ではわかっている。

でも心臓は高鳴り、頬が熱くなる。

これ以上、話しつづけたら混乱状態に陥りそうだった。

「……眠くなりました。もう切り上げましょう」

そう言いながらソファから立ち上がると、カイルも従順に隣のソファから腰を上げる。

カイルを客室で眠らせようと思うのに、今日も自分の寝室へと連れて来てしまった。

カイルがナイトガウンを脱いで、裸体でベッドに入る。レンもナイトガウンを脱ぎ、寝間着姿で身を横たえた。ふたり並んで仰向けに身体を伸ばす。

懐かしがる声でカイルが言う。

「あの頃を思い出すな」

「わたしはよく覚えていません。もう十二年も前のことですから」

「そうか？　俺はなにもかも、はっきりと覚えてる」

カイルの手が伸びてきて、レンの頭を撫でる。

「見た目はおとなしそうなのに、むかつくぐらい頑固で、舌を噛んだり飛び降りようとしたり手がかかって――可愛かった」

喉の奥が苦しくなって、レンはカイルの手から逃げて上体を起こした。毛布が捲れて、昨日のように男の肉体が露わになる。ただ、昨日とは違うところがあった。下腹部の器官が膨張して大きく頭を浮かせていたのだ。

レンの驚いた視線に気づいて、カイルが苦笑いする。

「お前とベッドにいるんだから、こうなって当たり前だろ？」

これは、素のカイルの言葉ではない。隷属する者の偏（かたよ）った言葉だ。

――でも、たとえそうでも……。

レンはカイルを見下ろす。

この成獣のような男は、自分のものなのだ。頭に入れられた異物の作用であろうと、いまのカイルは自分に従う。

「……」

レンは後ろ暗い目をしながら、カイルの下腹部へと手をそろりと伸ばした。暗い金の毛を撫でると、腹筋の割れ目がより鮮明になる。

太い幹の根本から指を這い登らせてもカイルは拒絶しなかった。意を決して握ってみる。掌にドクドクと脈を感じる。

カイルの顔を見られないまま、レンはぎこちなく陰茎を扱いた。裏の筋が力強く張り詰め、太さも長さも露骨に増していく。先端から溢れた透明な蜜で、手指がぬるつく。頭が朦朧としてきて、いつしか両手を使って夢中で愛撫していた。

「レン」

呼びかけられて、ハッと我に返る。

手を退いて俯く。自分はなんということをしてしまったのか。

「すみませ…ん」

消え入りそうな声で謝るとカイルが上体を起こし、レンの首筋に顔を埋めた。それから甘える仕種で、こめかみを頬に擦りつけてきた。

それだけでもう、レンの自制心は溶かされてしまう。

──今晩、だけだ。

明日になればカイルは自身の邸に戻す。だから、本当に今日だけ。

「て、ください」

声が掠れてしまったから、もう一度、勇気を振り絞って頼む。

「抱いてください」

半月前に身体に教えこまれた行為。

あれをしてもらいたくてたまらない。

酷いことをされたと思う。初めてだったのに色情狂と罵られ、二度目など獣の体位で犯されたのだ。宗教の教えでは、男女の行為ですら正常位で最低限の生殖行為をおこなうことが正しいとされている。快楽を求めることは罪だ。

それなのにカイルはレンの身体を使ってひどく気持ちよさそうに性行為をおこない……レンも果てないまでも妖しい快楽が込み上げてくるのを感じた。

カイルに報復しようと仕事に打ちこんだけれども、身体の奥深くではずっと卑猥な疼(うず)きが燻(くすぶ)っていたのだ。

その疼きがいま、本当に耐えがたいまでになっている。

カイルからの返事はない。いくら隷属者に対してとはいえ、はしたない要求をしてしまったことに、いたたまれなくなる。身体を離そうとすると、カイルに腰を抱かれた。

レンの寝間着の下衣のなかへと、カイルの左手が入っていく。

「……ふ」

すでに反り返っているものをやんわりと押さえつけるように手指で包まれる。その手がゆっくりと蠢いて、茎を捏ねだす。

「う…、ふ…ぅ」

うまく呼吸ができなくて、熱いものを冷ますときの唇のかたちで不安定に息を吐く。

茎ばかりでなく、根本の双つの種袋までふにふにと揉みしだかれ、大きな手で転がされた。それから茎裏の張りを掌できつく何度も撫で上げられる。

「あ…」

レンは白い寝間着の布の下腹部が男の手の動きにつれて変形していくさまを凝視する。見えていなくても自分のものが男の手の下でビクビクと跳ね、先走りをしとどに漏らすのがわかる。

ぬるつく先端にカイルの親指が載った瞬間、性器に電流が走ったようになる。

「あぁ、いやです、そこは」

強すぎる刺激に腰をよじって訴えると、亀頭から指が離れた。

カイルが顔を覗きこんできながら訊いてくる。

「嫌なのか？」

「………、…」

レンが首を横に振ると、ふたたび亀頭の先を塞ぐように指が宛がわれた。そこの浅い溝を割るように指が蠢く。小さな孔にじかに触れられた。全身にざあっと鳥肌がたつ。孔を優しく撫でられてレンは泣くような声をあげた。茎の中枢をいっぱいに押し拓きながら、重たい粘液が駆け上がる。

「あぁぁ」

ねっとりした熱っぽい体液が、ビュクビュクと溢れていく。

自慰とは比べものにならない射精感にくったりするレンの寝間着のなかから、カイルが手を抜いた。その手には白濁が絡みついている。

「ぜんぶ、お前の種だ」

そう言いながらカイルがあろうことか、その手を口許に運んだ。自分の精子が赤い舌に舐め取られていくのを目にして、レンは身震いした。カイルの手首を摑んで口許から剝がす。

「いけません」

「なんでだ？」

「汚いでしょう」

カイルが楽しそうに笑った。それから少し意地の悪い顔になって、レンを仰向けに押し倒した。寝間着の下衣を引きずり下ろされて脚から抜かれる。カイルがレンの開いた脚のあいだで俯せになる。

慌てて性器を手で隠そうとすると、手首を摑まれて、腕を胴体に添わせるかたちで留められた。先走りと精液でべとつく下腹部を、間近から眺められてしまう。カイルが舌なめずりした。

「『汚い』なら、綺麗にしてやらないとな」

「え——あ」

自分が目にしていることを、レンは信じられなかった。

体液まみれになっている陰茎にカイルが舌を這わせているのだ。そんな場所を舐めるなどおぞましい行為だ……それなのに、そこから強烈な甘い痺れが身体中に拡がっていく。

抵抗する力も拒絶する言葉も、ぐずぐずに蕩かされていく。

先端を丁寧に舐められて、レンは身悶えた。大きく出した舌で裏筋を舐め叩かれるころには、ほんのいまさっき達したばかりなのにペニスがまた腫れていた。

勃ち上がった茎を見てカイルが目を細める。

「せっかく綺麗にしてやったのに、またこんなに漏らして仕方ないな」

夏草色の眸が上目遣いにレンの顔を見る。視線を絡めたまま、カイルが大きく口を開く。陰茎を先端から含まれて、レンはカイルに摑まれたままの手できつく拳を握り、ぶるぶると身震いする。

「ぁあ、う……あ…、ん」

この世にこんな感覚が存在していたのかと愕然とする。

熱くて濡れた粘膜にペニスをすっぽりと包まれている。舌がぬるぬると絡みつき、喉奥で先端を捏ねられる。性器全体を吸いこむように啜られる。

カイルの唇の輪が根本から先端までをぬっぬっとリズミカルに行き来する。

「ひぅ…、ぅ、ひぅ…」

声になりきらない音が唇から漏れる。

こんな行為に長く耐えられるはずがなかった。レンは腰を引き攣らせながら教える。

「もう、出…ます。だから、早く——やっ、ぁ、ぁ、ぁ」

早く口から抜いてくれと言いたかったのに、カイルが扱く動きを加速させた。ペニスが内側から焼け爛れる。

レンは声の出ない口をパクパクさせながら口内に白濁を噴いてしまっていた。しかも精液を飲んでいるらしく、カイルの喉が嚥下の音をたてる。酷い行為をしてしまったショックに、頭のなかが真っ白になる。

「——どうし、よう……ぁ、…っ」

カイルの指が力なく開いてしまっている脚の奥に這いこんできた。親指で後孔の襞をいじりながら中指で尾骶骨をくじる。もう彼には弱いところを熟知されているのだ。

ヒクつく蕾が、押されるままに開いていく。

浅い場所を強い親指で掻きまわされて、レンは両足の裏でシーツを踏み締めた。燻りつづけていた身体の奥の熱がどんどん激しくなっていく。親指を根本まで含まされて、レンは自分から弱々しく腰を振った。

自分の寝間着の上衣をぐしゃぐしゃに握り締める。すると、捲れた裾から覗くみぞおちに、カイルが口づけた。そのまま唇が胸へと這う。わだかまっている寝間着で口許が見えないけれども。

「…ぁ」

乳首を啄まれる感触に、レンは目を瞠った。

それは男が女にすることで、男がされるのなどおかしい。おかしいのに――。

「ぁん、…ぁ」

こそばゆさに声が漏れてしまう。乳首を舐められながら体内を指で擦られる。親指が抜けて、代わりに二本の指がぬくりと入ってきた。内壁を拡げるように指が蠢き、それから突き上げる動きへと変わる。

指では届かない奥のほうがもどかしく収斂する。

レンはカイルの肩に手をかけた。指が折れ曲がって、ガリッと皮膚を引っ掻いてしまう。

それが男に次の行為を促す合図になったらしい。

指が内壁を掻きながら引き抜かれ、腿のあいだに逞しい腰が入ってきた。カイルが胸から顔を上げて、深く覆い被さってくる。

ぐっ…と脚の奥になまなましい圧迫感が起こる。

後孔の縁が伸びきる重たい痛みが続いてから、内壁が丸く押し拓かれていく。

「ふ…は、ぅ…っ、…」

呼吸があやふやになり、跳ねる。

この行為がとてもつらいものだったことを、いまさらながらに思い出す。つらいのに、拡げられていく場所にじわじわと快楽が沁みる。

——これ…だ。

この半月、これが欲しかったのだ。いくら頭で否定しても、肉体はカイルとのこの行為に焦がれていた。

捻じこまれながら、レンはカイルの背に両手を回してしがみつく。

身体が内側からわななないて……根本まで含まされたと同時に、それが全身へと一気に拡がった。手も足もガクガクする。

声も出せないほど強烈な感覚に開いている唇を、カイルに啄まれる。そうするとまた、身体が小刻みに跳ねた。

「れ…る」

「ん？」

「壊れ、る」

本当に身体が——心までも瓦解してしまいそうだった。

訴えるのに、カイルがゆっくりと腰を遣いだす。結合部分をほんの少し擦られるだけで、レンの身体はビクつく。

カイルが荒く息をつきながら呟く。

「——俺も、興奮しすぎてて、まずい」

その言葉に反応して、内壁がうねり、男を締めつけてしまう。カイルが眉をきつく歪めて、耐える表情をする。その表情に、また身体が反応してしまう。

自分の肉体なのに、もうなにひとつ抑えこむことができなかった。

言葉すらも、勝手に口から溢れる。

「壊して、ください」

その自分の言葉を耳にして、本当にそうされたがっているのだと感じる。

「いっぱい、突いて、……壊して」

いま、カイルの頭のなかで「金の根」はそれを命令として受け取ったのかもしれない。

そうしたら、本当に壊されてしまうのではないか。

自分の肉体も、自分を捕らえてきたこの不自由さも。

切り捨てたつもりでも自分のなかには、異国の血が流れていることや、継母から刷りこまれてきたこと、父から見捨てられたことが、深く根を張っている。それらをすべて破壊してもらえたら、どれだけ楽になれるだろう。

怖さと期待が入り混じる。

「――レン…」

カイルが翠に光る眸を細めて、舌なめずりをした。

そうして、望まれたとおりに猛然と腰を振りだす。

「…ぁ、ひ」

過敏になっている体内を激しく抉られて、息もできない。

つらいけれども、そのつらさに身を投げ出すと身体が内側から煮えたぎるような体感が訪れた。身体がベッドから浮き上がって、ただカイルだけを感じる。

――いい…。

朦朧としながら心で呟く。

――すごく、気持ちいい……。

たとえ背徳行為でも、この充足感を自分に与えられるのはカイルだけだ。同じ行為でもカイル以外の者とでは決して味わえない。自分の心が拒絶するからだ。

十二年前に誘拐された先で、カイルはあかぎれでぼろぼろになった自分の手に蜂蜜を溶かしたオイルを塗ってくれた。抱き締めて舌を舐めてくれた。

その時、いけないことだと教えられてきたけれども、気持ちいいことを肯定したくなった。カイルとなら肯定できると感じた。

――一緒に、行きたかった。

当時の甘苦しい願いが思い出されて胸が詰まる。

嗚咽を漏らすと、夏草色の眸が間近から覗きこんでくる。

唇が重なる。

遠い日の切なさが、いまの幸福のなかへと――紛いものの幸福のなかへと溶け崩れていった。

# 10

事務所の二階にある執務室に入り、トップハットとフロックコートを脱いで、デスクに着く。紅茶を運んできてくれた従業員が、笑顔で声を弾ませる。

「アメリカの貿易商との業務提携もうまく行きそうですね」

「ああ。これで一気に仕事の幅が広がる」

「業務提携といえば、あちらとのトラブルもなくなって、平和になりました」

従業員が執務室の窓から、向かいの建物をちらりと見る。

バイロン商会の建物だ。レンとカイルが和解したことにより、仕事でも協力関係を結ぶこととなったのだ。……とはいえ、実際のところはレンを主としてカイルを従とする合併に近いものだった。

カイルが「金の根」を埋めこまれてから一ヶ月がたった。

「個人の人格や記憶は残したまま、不自然なところなどなにひとつなく、本人の意思で隷属者となる」というイザイの説明どおり、カイルはカイルのままでレンの隷属者となったのだ。

双方の従業員たちは当初、ふたりの関係の豹変にひどく驚いたが、無駄な諍いから解放されたことを喜んだ。

レンもまた気力が充実した状態で、次から次へと仕事のアイデアが浮かぶ。カイルとならば、どこまででも事業を拡げていける気がする。

父に提出する新たな事業プランをしたためていると、部屋のドアがノックされた。ペンを動かしたまま「どうぞ」と答えると、ドアの開閉音がして足音が近づいてくる。

執務用デスクに幅広の手が置かれた。カイルが背後から覆い被さるようにして書類を覗きこむ。

「自動車の輸入をするのか」

レンは手を止め、眸を輝かせて寄せられた顔を見る。

「赤旗法が廃止になる動きがあるそうです。そうしたら本格的に自動車の時代が来ます」

三十年ほど前に施行された赤旗法によって、国内において自動車は極端な速度制限や不自由なルールに縛られてきた。客を奪われることを危惧した乗合馬車組合の圧力が主な原因だったが、ついにその悪法が撤廃されようとしているのだ。

「カイルはフランスで乗りまわしていたんですよね」

「ああ。蒸気自動車とガソリン自動車のレースも見たが、これからはガソリンだな」

「わたしも思いきり速度を出して運転してみたいです」

「俺が運転のコツを教えてやる」

こんな話をしているだけで、居ても立ってもいられないほどワクワクする。

書類作りを中断して、昼食をカイルと取りながら二社での効率的な仕事の割り振りを検討した。カイルのシビアな指摘や形骸化を嫌う仕事方式はレンにとって新鮮で刺激的だった。

「俺はこれから港に行く。五時ごろ迎えにくる」

「それまでに仕事をすませておきます」

笑顔を交わし、それぞれの仕事に戻る。

カイルは言葉どおり、五時に迎えに現れた。ふたり連れ立って事務所を出る。レンは馭者のビルに「今夜はカイルの邸のほうに行く」と告げて、空の馬車を自宅に帰らせた。そうして、カイルの自家用馬車に乗りこんだ。

……カイルが「金の根」を植えつけられてから三日はレンの邸で面倒を見たものの、それ以降は以前のように別々に暮らすのが当然だと考えていた。だから四日目、レンは仕事を終えてからカイルを彼の邸へと馬車で送り届けた。そのまま自分は帰るつもりだったのだが――離れられなかった。

三日のあいだに知ってしまった至福は、一度味わえば二度と手放せない薬物のようなものだったのだ。腕がカイルを抱き締めたがり、視線がカイルを追いたがり、唇がカイルの唇を欲しがる。

そして、そうしてもカイルは決して拒絶しないのだと知っている。

そんな甘い誘惑を退けて帰ることなど、とてもできなかった。レンはカイルの邸に泊まり、至福の時を過ごした。行為のあとにカイルはレンの髪を撫でながら、邸がなぜ森のなかにあったものと瓜ふたつなのかを教えてくれた。腕のいい建築士を雇って廃墟に行かせ、そっくり同じものを建てさせたのだそうだ。

『俺は十二年前、本当はずっとあそこでお前と暮らしたかったんだ。あの一週間は俺にとって特別で忘れられないものだった』

そう切なそうな顔で囁いて、キスをしてくれた。

以降、どちらの邸に泊まるにしろ、ひとつのベッドに入って身体を重ねた。

一ヶ月たったいまでは、さらにいっそう離れられなくなってしまっていた。

並んで座って市街地の渋滞でのろのろとしか進まない馬車に揺られていると、カイルがビロード張りの座席に手を這わせた。その手がフロックコートのうえからレンの臀部に触れる。それだけでもぞくりとするのに、少し乱暴に揉みしだかれる。

「……ン」

思わず喉を鳴らすと、今度はフロックコートを横から捲るようにしてカイルの手が入ってきた。スラックスを留めている背後のサスペンダーを外される。

レンは馬車の窓枠に肘を置いてなんでもないように外へと視線を向けつづける。

男の手が背中側からスラックスのなかへと滑りこむ。シャツの裾をめくられ、尾骶骨にじかに指が這う。そこを優しく撫でられて、レンは臀部をわななかせる。カイルの指はしばらく小骨を弄んだあと、狭間へと這いこんだ。後孔の襞を指先でくすぐりだす。

さすがに車上でそんな行為までされると思っていなかったレンは、手の甲で自分の口をきつく押さえた。声が出そうになったのだ。

カイルが笑いを含んだ目でこちらを見ているのがわかる。窄まりを小刻みに叩かれる。懸命にそこに力を籠めるのに、馴染んだ愛撫に蕾が乱れだす。ヒクつく粘膜のなかに指が沈んだ。

毎晩のようにカイルの太いものを受け入れていても、馬車のなかでは指一本の挿入ですら眩暈を覚える。狭まりきった孔の浅い場所の一点に爪を押し当てられた。

「…、…」

目の奥がチカチカするほどの快楽が沸き起こる。

男の身体にそういう秘密があることなど、カイルに教えられるまで知らなかった。街中で道行く人たちに顔を晒しながらするなどあり得ない行為なのに、すっかり手懐けられた身体はその鮮烈すぎる快楽を期待してしまう。

……それなのに、カイルは爪をそこに当てているだけで指を動かそうとしない。

命じれば、指を抜かせることも、動かさせることもできる。そうわかっていても、レン

はどちらも選択できなかった。頬や項がどんどん熱くなっていく。もういっそ自分で腰を動かしてしまおうかと思ったときだった。

「――――！」

渋滞が解消されはじめたらしく、馬車がリズミカルに揺れだした。

爪が凝りに繰り返しめりこむ。

「ぁ、く…」

もう、手の甲では声を抑えきれない。レンは中指の曲げた第二関節を自分の口に押しこんだ。前歯で指を噛んで耐える。

自分の顔が真っ赤になっているのがわかった。それをカイルや通行人たちが夕陽に染まっているのだと思い違いしてくれるように祈りながら、レンは馬車の動きに快楽を引きずり出される。

カイルが耳元で囁いてくる。

「馬車に犯されてるみたいだろ」

ひどい表現だったが、本当にそのとおりだった。そして、その背徳感に負けた。

レンは顔を窓のほうに向けたまま小声でねだる。

「もう…一本、指を」

二本の指を与えられて、レンは淫らな表情を窓の外へと晒した。すると、カイルがレンの側の窓のカーテンを閉めた。少し怒ったような声で言われる。

「そんな顔をほかの奴に見せるな」

「カイルが、させている、んでしょう――」

彼のほうへと顔を向けて切れぎれに反論すると、唇を吸われた。

「そうやって俺だけに見せて、俺だけを見ていろ」

詰るように言いながら、カイルが体内の指を激しく動かしだした。馬車のリズムが掻き消されていく。

「っ、ぁ、ぁ、ぁ…、急に、なに」

「お前は俺だけを感じていればいい」

「……」

「いいな？」

顎を摑まれて揺さぶられ、レンは思わず頷いてしまう。

これではまるで誘拐された昔と変わらない。カイルのほうが支配者のようだ。

――支配されるのは、嫌……なはずなのに。

二度と誰にも支配されたくないと強く願いながら生きてきた。それなのに、どうしてだろう？

まるで所有物のようにカイルに扱われて、心臓が高鳴ってしまっていた。

嫉妬(しっと)に光る彼の目にゾクゾクする。

「ぁぁ、あ」

絶頂に身を震わせながら、レンは気がつく。

自分はカイルにならば、支配されてもかまわないと思えるのだ。なぜなら。

——愛しているから。

愛する者にならば縛られることも悦(よろこ)びなのだと……少なくとも自分はそう感じるのだと、いま初めて知ったのだった。

「これでいいですか？」

よれたラウンジスーツにハンチング帽という姿で、レンはカイルの前に立つ。いわゆる下流労働者階級の服装だった。

カイルが首をひねって難しい顔をする。

「馬子(まご)にも衣裳(いしょう)の逆バージョンだな」

ぶつぶつ言いながら、レンのシャツの首元のボタンをひとつ外す。

「姿勢がよすぎる。ちょっと肩を前に出して猫背気味にしてみろ——そう、それでいい。

マシになった」

カイルもレンと似たような格好をして、髪は無造作に後ろでひとつに束ねている。

これからふたりで居酒屋（パブリックハウス）に行くのだ。

レンもこれまで何度かパブに行ったことはあった。だがそれはパブの二階部分にあるパブリックパーラーと呼ばれる中流階級専用のエリアで、一階部分のタップルームで飲んだことはなかった。タップルームは労働者階級や貧民たちが集（つど）う場所だ。

階級での区切りは明確で、中流階級の者がタップルームに行くのは禁じられている。だからこうして変装して潜りこむというわけだ。カイルは気取ったパブリックパーラーが肌に合わず、いつもタップルームのほうで楽しんでいるのだという。その話をベッドのなかで——セックスを終えたあとのそういう語らいがレンはとても好きだ——聞いて、レンのほうから自分も言ってみたいと申し出たのだった。

すぐ近くにありながらも本格的に足を踏み入れることのなかった階層違いの世界。

それがカイルが長く所属し、いまも価値観の基準を置いている世界なのだ。そう思うと、知りたくてたまらなくなった。

カイルの邸を出て、馬車に乗る。着いた先は港に近い地区だった。古びたレンガ造りの二階建ての建物が外灯に照らされてのっそりと佇んでいる。建物の窓からは人がごった返すタップルームの様子と喧噪とが窺われた。レンが入ったことのある事務所付近のパブとは客層がまた違い、船員が多くて荒っぽい雰囲気だ。

いまからここに入るのだ。緊張に強張る肩をカイルに叩かれる。

「行こうぜ、相棒」

気軽な様子で店の入り口に向かうカイルのあとを慌てて追う。ドアが開いたとたん、音と匂いと人の熱が逆巻くように溢れてきて圧倒された。思わず怯んでしまうと、カイルに肘を摑まれて引き入れられた。

立ち飲みしている男たちのあいだをずんずんと歩きながら、カイルがときどき顔見知りらしき客と「よお」と声をかけ合う。レンはカイルに引っ張られて、壁際の木製ベンチへと辿り着いた。

「座ってろ。酒を取ってくる」

ベンチに腰を下ろして、緊張しながらあたりを観察する。野太い怒鳴り声に鼻歌。品の悪いジョークが飛び交い、暖炉の前では持ちこんだ食材で料理をしている者たちがいる。

中流階級用のパブリックパーラーとはなにもかもが違っていた。

カイルが戻ってきて横に座り、テーブルにグラスを置いた。その酒をひと口飲んでみると、饐えた樽の匂いのするとてもうまいとは言えないものだった。それでもアルコールを身体に入れると、少しばかり緊張がほぐれてくる。壁に飾られている碇や羅針盤は、実際に船で使われていたものに違いない。世界地図もあちこちに貼られている。

喧噪に耳が慣れてきて、いくつかの会話の流れが聞こえだす。

明日出航する船の話をしている者もいれば、商談や政治批判をしている者もいる。中流階級の部屋でおこなわれる品位を気にした社交談議よりも、どれも活気に満ちていて威勢がいい。

なかには机のうえに仁王（におう）立ちして、政治家よろしく熱弁を振るいだす者まで出る始末。突然、すぐ傍（そば）で殴り合いの喧嘩が始まった。青ざめたレンとは裏腹に、カイルは笑いながらどやしつけて硬貨を投げた。

レンは驚いたり呆れたりしながら、次第に新鮮な気持ちになっていった。

貧しいということは命の危機に瀕（ひん）することだ。踏み躙られることも多く、重い病（やまい）を患（わずら）えばまず助からない。でもだからこそ、彼らは本気で不満を叫び、腹から笑う。

そうやって酔い潰れる者が増えたころ、パブのなかにもの悲しい旋律（せんりつ）が流れはじめた。見れば奥の片隅にピアノがあり、赤い顎髭を生やした男がそれを奏（かな）でていた。

「鐘（かね）の歌、ですね」

去年亡くなった音楽家が作曲した『鐘の歌：ピアノのための瞑想曲（めいそうきょく）』だ。鐘を模した音が奏でられ、次第に音が滾々（こんこん）と湧き出るような曲調になっていく。

赤髭の男はそのまま何曲も国内音楽家たちの曲を奏でた。

市井（しせい）にもこれほど人の心を揺らす演奏をする者がいるのかとレンは聞き惚（ほ）れる。

カイルは顔見知りの船乗りと話しこんでいたので、レンはそっとベンチから立ち上がり、ピアノ弾きの傍に行った。この演奏にチップを払わないわけにはいかない。

スクエアピアノのうえにそっと硬貨を置くと、ピアノ弾きが鍵盤のうえで指をなめらかに動かしながら訊いてきた。

「お気に召しましたか？」

「はい、とても。素晴らしいです」

「あの男のこともお気に召しましたか？」

「——あの男？」

ピアノ弾きが伏せていた目を上げた。金色の眸がレンを射た。

「……あ、なたは」

口許を完全に覆う髭のせいで顔立ちがわかりにくかったが、この眸は間違いなくイザイのものだった。愕然としているレンに、イザイが囁き声で尋ねる。

「あの男の立派なものは、さぞ野蛮な働きをしてあなたを悦ばせているのでしょう。以前に比べてずいぶんと色香が増しました。まるで愛されている新妻のように」

レンは両手でスクエアピアノの端を握り締めた。

——ああ……そうだった。

忘れたわけではなかったけれども、あまりにも幸せな日々のなかで目をそむけて過ごすようになっていた。

——カイルは、本物の彼じゃない。

彼の人格や記憶はそのままでも、もっとも肝心なレン・ノエルに関する部分は偽物なのだ。彼がまるで自分のことを愛してくれているかのように振る舞うのは「金の根」の作用によるものだ。

そしてもうひとつ、レンには頑なに目をそむけつづけている件がある。

奴隷売買のことだ。

そもそもカイルが接触してきたのはノエル商会がおこなっている「金の根」をもちいた奴隷売買を阻止するためだった。

だがカイルは、そのことについてまったく言及しなくなった。「金の根」によってレンを批判することを封じられてしまったからだ。

——そんなのは、カイル・バイロンじゃない。

いまの彼はイザイによって与えられた、都合のいい人形だ。

いくらでも甘い言葉を吐き、その恵まれた肉体で性的に奉仕する。本物ではないと承知しているのに、自分はそれに酔わずにはいられない。ひと晩たりとも彼を手放せない。

自分はもう、彼を愛していると認めてしまったのだ。

十二年前に芽生えていた愛情。虚勢を張って否定しつづけてきたそれを、この一ヶ月間で完全に引きずり出されてしまった。

イザイがピアノの旋律に乗せて歌うように囁く。

「忘れないでください。あなたを悦ばせているのは、わたくしの捧(ささ)げた愛です」

「――――」

否定したかった。けれども否定などできるはずがない。

イザイの言っていることは真実だ。

――わたしは……カイルから愛されていない。

膝が震えて、レンはピアノの足許に蹲った。

そうしてどのぐらい蹲っていただろうか。いつの間にか旋律もイザイも消えていた。

「レン……レン！」

心配するカイルの声が耳元で聞こえ、肩を後ろから抱かれた。

「お前がいなくなったかと思って慌てた。勝手に俺の傍からいなくなるな」

この言葉もこの手も、すべてイザイに与えられているものなのだ。カイルの意思は、ここにはない。

「安酒を飲みすぎたか？　今日はもう帰ろう」

強い腕に支えられて立ち上がる。そして馬車に乗って、カイルの邸に帰った。

その晩、レンはセックスを拒んだ。カイルは不満そうだったが、命じれば従った。彼はただの隷属者だからだ。

――十二年前と、なにも変わらない。

カイルの隣でベッドに横たわり、虚ろな気持ちでレンは思う。

深い森のなかに建っていた邸にそっくりなこの建物も、この寝室も、自分がカイルに片想いをしていることも、十二年前から変わっていない。

そして本当はカイルにとって自分が不必要な人間であることも、変わっていないのだ。


パブに行った夜から、レンは苦しい葛藤に苛まれるようになった。

果たしてこのまま、イザイに与えられたカイルとの生活に溺れていていいのだろうか。

カイルに愛情深い眼差しを向けられて抱き締められれば、それだけでもう満たされてしまう。たとえ偽りだらけでも、自分が幸福を感じているのは紛れもない事実だ。

でもそれは現実の――真実の幸福とは、やはり違うように思われた。

夜に寝て見る夢が、いくら幸福でも真実ではないのと同じように。

その大きな違いは、カイルの真心が伴っていないことなのだろう。カイル・バイロンという男は決してレンにとって都合のいい優しいだけの男ではない。

不都合なことを突きつけて、必要とあらば叩きのめしてこようとする。

今回も、そのために十二年ぶりにレンの前に現れた。父が手を染めている奴隷貿易にレンも加担していると考えて、潰しに来たのだ。

そして自分は、そういう男に心を掻き立てられる。

たとえ自分のことを愛さなくても、カイルの真摯さを好もしく感じる。

——わたしも、そのようにありたい。

いまのカイルとの生活を肯定するのは、父の犯罪行為を肯定することに繋がる。

偽物の幸せに縋って、多くの人を犠牲にするような人間ではありたくない。

……そう心に熱く思ったものの、しかし正しい道を選ぶのは苦しい。

それはカイルからの愛をみずから手放すことなのだ。

一週間、レンは悩み抜いて、ようやっと決断を下したのだった。

## 11

元が富裕層専用の精神病院だったというその建物は、外観と同様に内部も白くて無機質だった。レンは緊張した面持ちで、エントランスホールの椅子——病院そのままの、簡素な木の長椅子だ——に腰を下ろす。

「ドクター・ゲールをお呼びしますので、少々お待ちください」

この邸の女性使用人は看護用の白い修道服を着ている。家事使用人であると同時に、医師である主人の手伝いもするのだ。

ドクター・ゲールはドイツ人の医師で富裕層相手の往診を中心におこなっているのだが、往診先で開腹手術までおこない、その手際は神業だと評判が高い。

ただ、彼には黒い噂がつきまとう。

錬金術師イザイと手を組んで、物語のフランケンシュタインよろしく人造人間を創り出したというものだ。それ故に、ドクター・ゲールに身を任せると人体実験をされたり改造されたりすると怖れる者も多くいた。

そして、レンは知っている。

人造人間はともかく、ドクター・ゲールはイザイとともに「金の根」をもちいて人間を商品に変える。

それを奴隷として売り捌いているのがレンの父であり、ノエル商会だ。そもそも、「金の根」のその活用法をイザイに提案したのは、父だという。

……レンは、父が犯している奴隷貿易の罪を糾弾する決心をした。

だからまず実態を知るため、カイルに彼の知っていることをすべて話してほしいと頼んだ。隷属者であるカイルは、レンの求めに応じた。

何年もかけて調査したというだけあって、カイルはかなり立体的に事態を把握していた。

それは想像以上に酷いものだった。

七年前、「金の根」を商売に活用しようと考えた父はまず手始めに、優秀だが貧しい医学生たちに援助を申し出て、彼らをドクター・ゲールのところに連れて行った。ドイツの医学は非常に進んでおり、しかもドクター・ゲールは一流の腕を持つため、医学生たちは畏怖を覚えつつも研修を受けられることを喜んだ。

そして彼らは「金の根」を頭に植えつけられ、サー・ノエルの隷属者にさせられた。

父は彼らを支援して、アフリカへと渡らせた。

現地で医療に従事するという名目で、実際に彼らは医師としても働いたが、もちろん真の目的は別にあった。

彼らは医療にかこつけて患者に「金の根」を植えこみ、奴隷という商品を大量生産していった。もちろん、奴隷売買は法律で禁じられているため、ノエル商会はそれに別の名称をつけた。

「人材貸出業」だ。

奴隷にされた者たちはプランテーションや重労働の仕事場に送られ、その稼ぎの大半を自主的に医師経由でノエル商会に納める。通常でいう奴隷売買とは形態が少し違う、奴隷搾取ともいうべき商法だった。

カイルがその顛末を知ったのは、貿易商になるためのパイプ作りに世界各地を巡っている最中のことだった。

見学していたスリランカの紅茶プランテーション——ノエル商会が特別契約しているプランテーションだ——で労働者同士の抗争に行き遭い、カイルの目の前で何十人という男たちが乱闘を始めた。なかにはシャベルを振りまわす者もいて、そのシャベルがある労働者のこめかみを切りつけた。

昏倒した男をカイルは乱闘のなかから引きずり出し、血まみれのこめかみをハンカチできつく押さえた。傷の様子を確かめようとハンカチを外したとき、なにか……まるで植物の根を引き抜いたような感触を覚えた。

そして本当にハンカチに、金色の植物の根のようなものが付着していたのだった。

しかも、その労働者は目を覚ますと、自分がなぜプランテーションにいるのかとパニック状態に陥った。ここ三年ほどの記憶がまったくなかったのだ。単に頭に衝撃を受けたことによる記憶喪失の可能性もあったが、カイルは彼の頭に入っていた金色の根のようなものとの関連を疑った。

調べたところ、そのプランテーション内にはこめかみに傷跡のある労働者が数十人いた。カイルは彼らが一様に痩せて健康状態が悪いことに着目した。彼らは生活のあらゆるものを切り詰めて、病的なほどよく働く。

そして、その全員が医師に定期的に送金をしていたのだ。

カイルがなぜ送金するのかと尋ねると、驚くべきことに、彼らはわからないと答えた。ただ、そういうことになっているのだと。

そしてカイルは、その医師が集めた金をノエル商会に送っていることを突き止めた。

『あまりにも奇妙なうえに、お前の父親の商会が絡んでいると知って、俺は徹底的に調べ上げようと誓ったんだ』

この打ち明け話をしながらカイルは幾度も複雑な表情を浮かべた。

真相を知って叩き潰そうとレン・ノエルと再会したのに、なぜいまこうして恋人のように過ごしているのか疑問を持ったのだろう。でもその疑問は「金の根」に吸い取られるのか、すぐに穏やかな表情に戻った。

カイルは誓ったとおり徹底的に調べ上げ、奴隷を作り出して搾取するカラクリに辿り着いたのだった。

全容をカイルから聞いて、レンはしばし茫然自失状態に陥った。

いったいこれまでどれだけの人が搾取されてきたのか。いや、いまも搾取されつづけているのだ。そして放置すれば、犠牲者の数はどんどん増えていく。

おぞましさに鳥肌がたち、焦燥感に居ても立ってもいられなくなった。憤りに胸が焼けた。カイルがノエル商会を蔑み、潰そうとしたのは当然のことだ。

イザイから手にキスをされているのを目撃して、レンもまた奴隷商売の共犯者だと思ったのも無理はない。イザイがレン・ノエルに傾倒していることは社交界では知られていたから、調べれば調べるほど怪しく感じられたのだろう。

——……張った根は、すべて引き抜く。

そう決意して、レンはこうしてドクター・ゲールの邸を訪ねたのだった。

靴底が床を叩く音が聞こえてきて、レンは長椅子から立ち上がった。白衣の男がエントランスホールに現れる。

いかめしい顔つきに片眼鏡をかけた、四十代後半の医師だ。髪は金色で眸は薄い水色だ。

「ご無沙汰しております。ドクター・ゲール」

彼は一度だけ、レンの事務所に立ち寄ったことがあった。流行りものの絵画や宝飾品にはまったく興味を示さなかったが、三階のコレクションルームの陳列物にはいくらか興味を持ったようだった。ヨロイを観察して、斬られた位置や血糊から、持ち主がどのようにして死亡したかを、まるで医学生に講義する口調でレンに聞かせた。それはあまりに詳細で、レンはいささか気分が悪くなったものだ。

「サー・ノエルのご子息のレン殿でしたな。今日はどのような用件で？」

ドイツ語の角ばった発音が威圧的だ。

レンは気持ちを落ち着けて切り出した。

「本日は、ビジネスのご相談で伺いました」

ドクター・ゲールが怪訝そうな顔をする。

「医者のわたしにビジネスの話を？」

レンは声のトーンを落とした。

「父が先生にお世話になっている、『金の根』をもちいたビジネスの件です」

「――なるほど。奥で話を伺いましょう」

白衣の背中についていきながら、レンは目を眇める。イザイとドクター・ゲールはおそらく真逆のタイプだ。

イザイは情動過多で癖があるものの、愛想を示せば素直に反応するので動かしやすい。

しかしドクター・ゲールのほうは感情面まで数式や理論に支配されていて、情緒では動かないように思われる。

だから心情に訴えるのではなく、どこまでもビジネスとして話を進めたほうが、ことがうまく運ぶに違いない。

通されたのは応接室ではなく、彼の執務室だった。質実な飾り気のない家具が配置され、天井まである書棚にはぎっしりとドイツの医学書が並んでいる。ドクター・ゲール自身の著書も多くあり、それらは一角にまとめて収められていた。

ドクター・ゲールはレンにひとり掛けのソファを勧めると、自身は執務用のどっしりとしたデスクに着いた。薄い水色の眸が距離を置いて観察してくる。

レンはまっすぐにその眸を見返した。

「先日は、カイル・バイロンに『金の根』を埋めていただいて、ありがとうございました。お蔭で、彼からのビジネスの妨害はなくなり、それどころかいまではバイロン商会をノエル商会の傘下に収めることができました」

「そうか」

「はい。あれから我が商会でも先生のお力添えによって、『金の根』をもちいた大きなビジネスを展開していることを知り、改めて感服しました」

ドクター・ゲールが興味の薄い表情で返す。

「商人の仕事はわたしには与り知らぬことだ」

「僭越ながら、わたしは商人の仕事とは世界中に存在するものの価値基準を見定め、価値あるものを流通させることだと思っています。しかし『金の根』は逆です」

「逆とは？」

「『金の根』が、絶対的な価値基準を生み出すのです。人の内側から主観に介入し、土くれに価値を持たせ、金塊を無価値にすることができます」

「ふむ」

「十戒をも覆す――神の領域を塗り替える力のあるものなのです」

ドクター・ゲールの硬そうな表情筋が蠢いた。

彼のように理論的にものごとを追究するタイプの医師は、神が世界のすべてを定めたという考え方に抵抗感を持っているものだ。ダーウィンの進化論を信奉し、神が人間を創ったという聖書の記述を否定する。

「神の領域を塗り替える、か。なるほど」

彼の歓心を買うことに成功したようだ。レンははやる気持ちを抑えながら話を進めた。

「世界はいまだ、聖書にすべての答えが書いてあるという思考停止状態に陥った人びとによって支配されています」

レンの継母がその典型例だ。聖書を振りかざして、人を支配する。

「しかしわたしは人類は次の一歩を踏み出すべきだと考えています。それは『金の根』をもちいることで可能となるのではないでしょうか」

ドクター・ゲールが頷いた。

「不可能ではないだろう」

言葉選びこそ慎重であるが、その眸には神への対抗心が宿っている。

レンはソファから立ち上がりながら申し出た。

「わたしは新しい価値観の世界を築きたいのです。そのために、かつて医大生たちにそうしたように、『金の根』の取り扱い方をご教授ください。お願いします」

固唾(かたず)を呑んで答えを待つ。

たっぷりした沈黙ののちにドクター・ゲールは頷いた。

「どうやら君は金儲けしか頭にないサー・ノエルよりは志が高く、見どころがあるようだ。いいだろう」


レンは時間を見つけてはドクター・ゲールの邸に赴(おもむ)くようになった。

「金の根」については極秘事項扱いかと身構えていたが、ドクター・ゲールは知識とは共有されるべきものであるという信条を持っており、資料の閲覧(えつらん)を自由にさせてくれた。

ただし、すべての資料はドイツ語で書かれていた。レンは読み書きには困らない程度にドイツ語を習得していたが、医学専門用語が並ぶ文書を読み解くのはさすがに骨が折れた。

それでも一分一秒を惜しんで資料を漁った。

悪徳商人、サー・ノエルが蔓延らせてしまった支配の根。それを引き抜くためには、まずその実態を知らねばならない。

そのためにドクター・ゲールの懐に飛びこんだのだ。

一ヶ月のうちに三度、レンは助手として「金の根」の植えこみ手術に立ち会った。手術は簡単なものだった。まずこめかみの皮膚をL字形に切ってめくる。そして頭蓋骨に錐で穴を開け、「金の根」をそこに入れる。それだけで脳へと根を伸ばすのだという。あとは、こめかみの皮膚を縫い止めて終了だ。

額の部分に入っている脳は、情動に関する働きをするのだという。だから隷属という情動を引き起こさせるためには、ここに「金の根」を植える必要があるのだ。また近くにある目の神経にも作用して視覚情報から情動の支配者を設定するため、植えこむ場所は厳密に指定されている。適当にこめかみのあたりに植えればいいというものではない。

だから「金の根」は、イザイが作製してドクター・ゲールが植えるという役割分担がされている。ドクター・ゲールは「イザイは希代の天才だが、なにごとにも直感的すぎる」と零していた。どうやら適当に「金の根」を植えこんで、何人もを廃人同然にしたらしい。

しかし、脳をわずかにいじられただけで変容してしまう人間とは、なんと緻密で脆い生き物なのか。

……それだけで、憎んでいた相手すら愛してしまうのだ。

カイル・バイロンとはこの一ヶ月、仕事では毎日のように顔を合わせているものの、プライベートはともにしていない。カイルは不満そうだったが、無理に接触してくることはなかった。なぜなら、カイルは隷属者で、レンは支配者だからだ。

自分たちの関係は、いびつで空虚だ。

この関係は解消しなければならない。そのためにはカイルの脳に根を張っているものを除去するなり停止させるなりする必要がある。

その時、自分はカイルを失う。

いまはまだ「金の根」の解除方法がわからない——ドクター・ゲールはレンがなにか質問をすれば、その質問がどういう経緯で出てきたものかを推察する。だから核心部分に触れる直接的な質問をするのは避けていた——が、判明したらまずカイルの隷属状態を解く。

その時に決断が鈍らないようにするために、意識的に距離を置いているのだ。

カイルは自分のことを愛していない。

自分のカイルに対する愛情は一方的なものだから、封じなければならない。

これが正しい決断であるのは間違いない……間違いないけれども、そのことを自分に言い聞かせる度、涙が零れそうになる。

いますぐカイルに逢って、キスをしたい。抱き締め合いたい。ひとつになりたい。

来年も再来年も一緒にいたい。カイルに自動車の運転のコツを習うのだ。

あの夏草色の眸に見詰められて、いつまでも……。


「金の根」の解除法がわかったのは、助手として三度目の「金の根」を植える手術に立ち会った数日後だった。植えられた者は目覚めたときに見た者に隷属する仕組みだが、間違った相手を見てしまったのだという。

それで手術のやり直しが必要になった。そのためにはまず一度入れた「金の根」を摘出(てきしゅつ)する必要があり、レンはその手術にも助手として立ち会うことになった。

レンが質問するまでもなく、ドクター・ゲールは摘出手術をおこないながら講義さながらに口を動かした。

「これは植物と同様、脳に根を張ることで作用する。無理に引き抜けば脳に損傷を与え、情動すべてを破壊しかねない。皮膚を再度開いて頭蓋骨に開けた穴を露出(ろしゅつ)させる。穴から見える『金の根』にメスで傷を入れたのち、消毒した布をきつく押し当て、根がこちらに吸着するのを待つ」

五分ほど押さえたのちに布を患部からゆっくりと離すと、金の根がずるりと抜け出た。

立てつづけに新たな「金の根」を植えるのは脳にかかる負担が大きいとのことで、手術はまた日を改めて、ということになった。……その隷属予定者は女性で、彼女の支配者になりたがっているのは婚約者だった。合意のうえでの婚約だったが、男は彼女の真心が信じられないのだと言っていた。

いびつで臆病な愛情に苦しむ男に、レンは自分自身の姿を見たのだった。

# 12

レンは疲弊して椅子にがたりと腰を落とした。手についた血をタオルで拭いながら、目の前のベッドに横たわる男を凝視する。

そのこめかみには縫合(ほうごう)したての傷がある。

必要なものをドクター・ゲールのところから持ち出して、レンは自宅の寝室でカイルの頭から「金の根」を取り出したのだった。手間取ったものの、摘出手術自体は成功したと思う。あとはカイルの目覚めを待つだけだ。

「…………」

レンは震えている自分の両手を握り合わせる。

メスの使い方や縫合は動物の皮を使って練習したものの、医者でもないのに人体に手を加えたのだ。その緊張に神経が昂ぶっている。

だが、この震えは緊張によるものばかりではない。

「う…」

嗚咽が漏れる。

自分はカイルを失ったのだ。考え抜いて選んだことなのに、つらくてたまらない。抜いたばかりの「金の根」をもう一度埋めこみたい衝動に駆られている。それを抑えこむために、自分の手をさらに強く自分で摑む。

カイルがスリランカのプランテーションで目撃したことによれば、隷属者は「金の根」を埋められていた期間の記憶をなくすらしい。だとすると、次に目覚めたときカイルはこの二ヶ月ほどのことを丸ごと忘れてしまっているのだろうか。

――……ほんの欠片でもいいから、残っていてほしい。

会話の断片でも、交わした眼差しでも、快楽の残滓(ざんし)でもかまわない。

甘やかな日々の影がカイルの心に落ちて愛の痕跡(こんせき)を匂わせてくれることを、懸命に祈る。

レンは一睡もせずに夜を明かした。

すみれ色の暁光(ぎょうこう)が部屋にそろりと入りこんできたころ、カイルが呻き声を漏らした。

息を呑んで見守ると、わずかに瞼が上がり、夏草色の眸が覗いた。

その眸がレンを捕らえて――侮蔑の冷たい光を浮かべる。そして力尽きたように、また瞼を閉じた。

レンは両手で自分の顔をきつく覆う。

指の狭間から涙が吹き零れた。

「どういうことか、説明しろ」

昼近くにふたたび目を覚ましたカイルは、やはりこの二ヶ月間の記憶を完全に失っていた。その状態でレンの寝室で目を覚まし、自身のこめかみに傷があることに気づいたのだから、不信感を滾(たぎ)らせるのも無理はない。

「まさか、俺に『金の根』を植えたのかっ」

ベッドに上半身を起こした彼は凄い目つきでレンを睨んだ。

「違います。『金の根』を抜いたのです」

「……、どういうことだ？」

レンは感情を押し殺した平坦な口調で、カイルが二ヶ月前にイザイによって「金の根」を植えられ、自分の隷属者にされていたことを教えた。

カイルが半信半疑の様子で訊いてくる。

「それが本当だとして、俺はお前に隷属していたのか？」

「はい」

吐き捨てるようにカイルが言う。

「俺に靴でも舐めさせたのか」

「――――」

あの甘い日々の記憶は、もう自分のなかにしかないのだ。そしてそれらはカイルにとっては不本意で忌々しい事実にすぎない。心臓をメリメリと引き裂かれているかのような激痛が起こり、レンは眉を歪めた。

「お前は、お前の親父と変わらない。『金の根』で人を支配して、都合のいいように扱う」

それだけは否定したくて、レンは首を横に振った。

「なんだ？　違うとでもいいたいのか？」

胸部の痛みのせいで声を出すのも難しいが、なんとか搾り出す。

「わたしは、『金の根』を、撲滅(ぼくめつ)します」

「これまでさんざん甘い汁を吸っておきながら、どういう風の吹きまわしだ」

まったく信用していない声音だ。

「わたしは父が『金の根』で奴隷貿易をしていることを、あなたから教えられるまで知りませんでした。でもいまは、それがいかにおぞましい悪行なのかを理解しています。だから、どんなことをしてでも封じる決意をしました」

「イザイを誑しこんでおきながら、よく言う」

「それはあなたの思い違いです」

「あいつのほうがずっとよかったと言ったのはお前だぞ」

あの時はひたすら弱みを握られたくない、支配されたくないという一心で虚勢を張り、嘘をついたのだ。どう言えばわかってもらえるのか懊悩(おうのう)し、口走ってしまう。

「わたしが性交をしたことがあるのは、あなただけです！」

「……」

カイルがレンを凝視して、思いを巡らせる表情を浮かべる。

彼はいま、レンを抱いたときのことを細部まで甦らせているのだろう。レンは羞恥に身を焼かれつつも、真実をわかってもらいたくて懸命にカイルを見詰め返した。

長い沈黙ののち、カイルが低い声で訊いてきた。

「それで、どうやって『金の根』を撲滅する気だ？」

「え？」

まったく違う話題を振られて戸惑うレンに、カイルが眉間に深い皺を寄せながら不機嫌そうに言う。

「撲滅したいってのが本心なら、その点だけは俺とお前の目的は一致してる。手を組んだほうが効率的だ」

言われてみれば確かにそうだ。

——手を組む……カイルと。

嫌われていても、恋人にはなれなくても、いまだけは同志でいられる。カイルと親密に言葉や視線を交わすことができるのだ。

それに「金の根」を絶やすのは困難な道のりになるに違いない。ひとりでは心許なくても、カイルとならばきっと成し遂げられる。

「そう…ですね」

レンは潤む目を伏せて隠した。

「協力を、お願いします」


「食後にこのデザートは楽しくないな」

カイルがぶつぶつ言いながら、手にした人間の頭蓋骨を矯めつ眇めつする。

レンはドクター・ゲールのところで仕入れた知識で使えそうなものを、タイプライターで打ちながら返す。

「こめかみ部分の印がつけてあるところに、穴を開けるんです。錐の使い方にはコツがいりますから、よく練習してください。脳は絶対に傷つけてはいけないので」

頭蓋骨はドクター・ゲールの邸にたくさんあり、練習用に欲しいと頼んで分けてもらった。

「摘出するほうはともかく、入れるほうは厄介だな」

レンのタイプを打つ手が止まる。

カイルとは連日、仕事を終えてから夕食をともにして、食後の時間をこんなふうに「金の根」撲滅のための計画作りと下準備に費やしている。ことの深刻さとは裏腹に、それはレンにとって心躍る時間だった。片想いの相手といられるのだから。

だが、情報を共有して計画を煮詰めていくうちに、すでに植えられた者たちの頭部から「金の根」を摘出するだけではどうやっても根絶やしにできないことが明らかになっていった。

いや、本当はレンも初めからわかっていたが、目をそむけていたのだ。

黙りこむレンの横にカイルが立って言う。

「入れるのは俺がやる」

できれば違う方法をと何度もふたりで話し合ったが、元凶を取り除かなければ、「金の根」の犠牲者は次から次へといくらでも生み出されていく。

そして収束させるためには、元凶となる者たちを殺害するか、あるいは「金の根」を使って支配するしかないという結論に至った。そして殺害はどうしても選べなかった。

「金の根」を根絶やしにするために、「金の根」をもちいる。

最低、三人の人間に植えこむ必要がある。

イザイとドクター・ゲール——それと、サー・ノエルだ。

レンは険しい表情でタイプライターに視線を据えたまま返す。

「いいえ。わたしがやります。でももしなにかあったときのために、あなたも練習だけはしておいてください」

そもそも、父がイザイに話を持ちかけなければ「金の根」がここまで広範囲に蔓延ることはなかった。それを刈るのは、息子である自分の務めだ。

カイルはレンの横で身体を半回転させ、机に腰を軽く乗せた。レンの顔を見下ろしながら決定口調で言う。

「サー・ノエルは俺がやる」

レンは厳しい視線をカイルに向けた。

「あなたが手を汚すことはありません」

「俺の手なんてとっくに汚れてる。面白いところを独り占めするな」

「……カイル、でも」

肩を強い力でぐっと摑まれた。

「ぐだぐだ言うな。医者だって身内の手術はミスをしやすいから避ける。失敗されたら迷惑なんだ」

言い方こそ乱暴だけれども、レンがみずからの手で父から真の人生を奪う心情を察してくれているのかもしれない。レンは涙ぐみそうになりながら俯いた。

「考えて、おきます」

「考えなくていい。もう決めたことだ」

反論を封じるようにレンの頬を軽く叩いたカイルが、ふと思い出したように尋ねてきた。

「そういえば、俺がお前の隷属者になってたあいだのことだが」

おそらく知りたくもなかったのだろう。カイルは「金の根」を抜かれてからこの一ヶ月、その期間のことについて触れようとしなかった。それが急に、どうしたのか。レンは緊張に身を硬くする。

「なんですか？」

「俺にお前を抱かせたのか？」

「――――」

もっとも訊かれたくなかった質問を無感情な声で投げつけられて頭から血の気が引き、レンはさらに深く俯いた。わざわざ訊いてきたからには、なにか根拠があるのだろうか。しかしカイルは覚えていないのだから、事実を隠蔽することは可能だろう。

――可能でも……あれをなかったことには、したくない。

その自分の気持ちを曲げられなかった。消え入りそうな声で答える。

「……はい」

隷属状態にあるのをいいことに、自分はカイルの肉体で欲望を満たした。それはカイルにすればひどく屈辱的なことに違いなかった。

「そうか」

カイルがどんな表情をしているのか、怖くて見られない。

「気持ちよかったか？」

もう声も出せずに無言で頷くと、沈黙が落ちた。蔑まれても事実なのだから仕方ない。そう頭ではわかっていても、恥ずかしさと惨めさに、心臓がいまにも張り裂けそうだ。これ以上、性的な質問をされたらとてももたないところだったが、次の質問は違うものだった。

「俺はお前に、なにを喋った？　記憶に残ってるものを適当に言ってみろ」

言ってくれたすべての言葉が記憶に残っている。そのなかでも特に嬉しかったものは。

「……わたしが貿易商になりたがっていたから、自分も貿易商になったのだと――同じ世界を見たいと思った、と」

わかっている。あれは隷属者としてのおもねる言葉だったのだ。

それを裏づけるように、カイルが苦笑に喉を短く鳴らした。

「そんなことを言ったのか、俺は」

呆れたように呟くと、彼は頭蓋骨に錐で穴を開ける練習に戻っていった。

革の鞄に、錐とメスと針と糸とタオルと消毒液と失神作用のある薬液を収めていく。レンは最後にひとつの小さな瓶を手に取った。ドクター・ゲールのところで得た知識どおり、消毒液で満たした瓶のなかに「金の根」を入れてある。

カイルの頭から抜いたこれを、今夜ドクター・ゲールの頭に植えるのだ。

いま手元にある「金の根」はこれひとつだ。ドクター・ゲールの邸には「金の根」が常時いくつか保管されているから、まずはドクター・ゲールを隷属者にして、確実に「金の根」を確保してからイザイとサー・ノエルに植えることにした。

レンはぶるりと身を震わせた。

いまからすることは殺人ではない。だが、人間から真の人生を奪う悪行であるのは事実だ。その罪を自分は生涯、負わなければならない。

……カイルも、それを背負おうとしてくれている。

彼に執刀させるつもりはないが、その気持ちだけで充分に嬉しくて心強かった。

レンの寝室のドアがノックされ、カイルが入ってきた。

「用意はできたか？」

カイルは黒い外套に身を包んでいた。レンも同じ格好だ。外套の下は動きやすいようにフロックコートを着ていない。黒い外套は、血で汚れるであろう服を隠すためだ。人の頭部はわずかに傷をつけただけでも大量の血が出るのだ。

鞄を閉じて、レンは立ち上がる。

「ドクター・ゲールの邸に行きましょう」

ビルが操る馬車に、レンとカイルは乗りこんだ。閉めたカーテンの端をめくって外の様子を窺う。夜闇すら霧に霞み、街の様子も朧だ。道行く人間の姿は、あたかも亡霊のよう。

悪行に向いているのは、このような晩に違いなかった。

ちょうどドクター・ゲールの邸の前で馬車を降りたところで、もう一台の馬車が同じように停まった。馬車からドクター・ゲールと白い修道服姿の女が降りる。

予定外の鉢合わせにレンは一瞬動揺しかけたが、すぐに挨拶をした。

「今晩は、ドクター・ゲール。どちらかにお出かけでしたか？」

「ああ。急な往診が入った」

ドクター・ゲールがカイルへと薄い水色の目を向ける。

「それは君の隷属者だな」

「はい。その節はお世話になりました」

レンは用意していたセリフを続けた。

「実は今朝から彼の言動に反抗的なものが見られるようになったので、診断をしていただきたく思い、連れてきたのです。こんな夜分に失礼かとも考えたのですが、エラーは早い診断が肝心だと教えていただきましたので」

「これまでは問題がなかったのに、今朝からということか」

ドクター・ゲールが関心を示した。

彼に隙を作らせるのには、興味を引くサンプルを与えるのが一番だと考え、カイルにその役をしてもらうことにしたのだ。

カイルが剣呑とした顔つきで言う。

「俺を診断するって、なんのことだ。帰るぞ」

レンは慌てたふりをしてカイルの腕を摑んだ。

「このとおりなのです。診ていただけませんか？」

「わかった。ついて来なさい」

レンは嫌がるカイルを宥めすかす演技を続けながら、ドクター・ゲールに先導されて邸に入り、ある部屋へと通された。

ドクター・ゲールは往診を中心にしているが、この邸で患者を診ることもあり、その際に使われる部屋だった。清潔な空間なうえに診察台があるのは計画に都合がいい。

「そこに座りなさい」

白衣姿に着替えたドクター・ゲールがカイルに指示する。そこでカイルが抵抗する小芝居をしたのちに、外套を脱いで椅子に座った。

「視覚異常で、支配者の確認がうまくできていない可能性がある。まずは目のほうから確かめる」

いつものように講義をする説明口調で言いながら、ドクター・ゲールは壁に貼られた視力検査の紙を示した。フランス人眼科医によって作られた大きさや角度が異なるCが並んでいるものだ。

視力には問題なしという結果が出て、今度は診察台に横になるようにと指示される。仰向けに横になったカイルの診察にドクター・ゲールが集中している後ろで、レンはそっと鞄を開いてタオルに薬液を染みこませた。

すると、カイルのこめかみを検めたドクター・ゲールが不審の声をあげた。

「どういうことだ！　これはわたしの縫合痕ではな――」

カイルがドクター・ゲールの両腕をがっと摑む。レンは医師の口にタオルを押し当てた。

薄い水色の眸が憤りを浮かべ――瞼が落ちる。

診察台にドクター・ゲールを寝かせ、手術の準備を整える。

メスを握ったレンの手がぶるぶる震えるのを見て、カイルが申し出た。

「俺がやる」

「――いいえ。大丈夫です」

レンは深呼吸をしてから、ドクター・ゲールのこめかみにメスを入れた。

「金の根」を植える手術は三十分ほどで終わった。縫合が終わったのとほぼ同時に、ドアがノックされた。レンがわずかにドアを開けると、白い修道服を着た使用人が立っていた。

「診察にお時間がかかっているようですが、なにかお手伝いを……」

そう言いながら彼女は血に染まったレンの手を凝視した。

「すみません。いま、連れが手術を受けているところで、わたしは助手をしています。手は足りていますので」

「わかりました。失礼をいたしました」

なんとか誤魔化せたものの、早急に完遂する必要がある。本来は自然に目覚めるまで待つべきなのだが、資料にあった実験結果によれば、気付け薬をもちいて目を覚まさせても効果は得られるとあった。

幸い、この部屋には薬品が揃っている。レンは気付け薬を見つけると、それを寝台に横たわっているドクター・ゲールに嗅がせた。

呻き声をあげて、ドクター・ゲールが目を覚ます。

レンは彼のうえに顔を差しだすかたちで覗きこんだ。目が合う。安堵したように、医師の目尻が緩んだ。

「ドクター・ゲール。あなたに命じます。二度と『金の根』を人に植えてはなりません。そして、『金の根』に関する資料はすべて焼却しなさい」

ドクター・ゲールがドイツ語で「はい（ヤー）」と答えた。

使用人に手術されたことを感づかせないことと、今日はもう寝室に戻って休むように、という二点を告げてから、レンとカイルは「金の根」の入った瓶をふたつ鞄に忍ばせて、ドクター・ゲールの邸をあとにした。


ドクター・ゲールに「金の根」を植えた翌日の夜、ふたりはふたたびビルの馬車に乗った。今日はイザイの処置をおこなう。

イザイはレンの訪れを歓迎した。肩を抱いて邸に迎え入れながら耳打ちしてくる。

「わたくしからの愛の籠った贈り物は、いい仕事をしていますか？」

レンはいくらかはにかんだような表情を作って見せる。

「はい。とても。今日はそのお礼を言いに来ました」

そう告げるとイザイは舌なめずりをして、レンたちを三階にある部屋へと連れて行った。

「金の根」を植えられたカイルが寝かされていた部屋だ。

イザイは手ずからレンの外套を脱がすと、ねだる声音で囁いた。

「いつものように愛されているのかを、わたくしに見せてください」

「……どういう意味でしょうか」

「あのベッドで少しだけ可愛い姿を見せてください。ああ、でもあの男が気持ちよくなっているところなど見たくありませんから、……そうですね」

レンのスラックスの下腹部をイザイが撫でた。

「ここを舐められているところがいいですね」

まったく想定していなかった展開に、レンは顔には出さずに動揺した。

確かに隷属状態のカイルからはその愛撫は何度もされた。だが、ここにいるカイルからはされたことがない。しかも、元に戻ってからのカイルとは性的接触をいっさいしていないのだ。とてもそんなことはさせられないと思う。

しかし、どうやらカイルのほうは、そうすることでイザイを油断させられると踏んだらしい。ベッドに腰を下ろした。

カイルとこんなかたちでふたたび触れ合うことに、胸が軋んだ。だが自分たちは共通の目的をもって動いているのだ。

「わかりました」

レンはイザイから離れて、カイルの前に立った。そして命じる。

「わたしの――性器を舐めなさい。いつものように」

夏草色の眸が見上げてくる。絡む視線を外そうとすると、カイルの手が伸びてきてレンの項を摑み、ぐいと引いた。

下からそっと、唇を啄まれた。

レンは目を見開く。この行為にキスは必要ない。わななくレンの唇を、カイルが何度も優しく潰す。

これはイザイを騙すための行為なのだろう。そう理解するものの、心も肉体も馴染みきった感触に恍惚となる。「金の根」を植えられていたときの記憶はないはずなのに、キスはあの頃のものと同じだった。目がどうしようもなく潤んでしまう。

唇を離しながらカイルがほんの小声で言う。

「俺の肩に摑まって、立っていろ」

スラックスの前立てが開けられて、陰茎を握り出される。それはキスだけで腫れてしまっていた。隠していた気持ちをカイルに悟られてしまっただろうか。いたたまれなさを覚えつつ、レンはカイルの両肩にギュッと摑まる。

ペニスの先端にキスをされた。何度も啄まれると、それだけで先走りが溢れだす。カイルが先端の孔を覆うように唇を被せてきた。蜜を啜られて、レンは腰を震わせる。

それから大きく出した舌を、陰茎の根元から先端まで這わされた。

あられもない動きで舐めまわしたかと思うと、今度は慈しむように唇を擦りつけられる。括れを舌先で細かく辿られ、段差を弾くように舐め上げられる。カイルの顔に先走りが散る。

……好きでたまらない人に二度とは望めないと思っていた愛撫をされて、レンの心臓も性器も破裂せんばかりに脈打つ。切羽詰まった視線を向けると、カイルが目尻で笑ったように見えた。

　彼の唇が大きく開いた。

　ペニスを口に含まれて、レンは顔を火照らせて切なく眉根を寄せた。半開きの濡れた唇がわななく。

　いま自分がひどく淫らな顔をしてしまっているのがわかった。もしかするとカイルは、感じている表情や性器をイザイに見せないために、この体勢を選んだのかもしれない。

　しかし、背後のイザイにも音ばかりは隠せない。

　先走りと唾液でぐちゅぐちゅになった結合部分から漏れるなまなましい摩擦音が、部屋中に響いていた。それにレンの弾む呼吸音が重なる。

　なにもされていない体内の深い場所が、忙しなく収斂しはじめる。

「も…う」

　カイルの口からペニスを抜こうとすると、両手で腰をぐっと摑まれた。根本を口の輪できつく挟まれて、射精を促すように裏筋を舐められる。

「ぃ、あ…ぁあ……、っ…」

　重たい粘液に茎を底から貫かれて、レンはカイルに覆い被さるようにしがみつきながら、ガタガタと身を震わせた。

ペニスを包む粘膜が大きく蠢いて、精液を飲んでくれているのを感じる。

たとえこの場を凌(しの)ぐための行為だったとしても、それが嬉しくてたまらなかった。

カイルの手で性器をスラックスのなかにしまわれ、快楽の余韻に頼りなくなっている膝に力を籠める。そうしてイザイのほうへと身体を向け、陶然(とうぜん)とした微笑とともに告げる。

「あなたのお蔭で、このようにいつも満足させてもらっています」

イザイが金の目を糸のように細める。不穏(ふおん)な空気が流れているように感じるのは、気のせいだろうか。

「なるほど。そういうことですか」

「……そういうこと、とは？」

「『金の根』が入っているような紛い物では満足できませんでしたか」

背筋がざわりとした。

「レン殿は『金の根』を否定し、この男から抜いたのですね」

「そんなことは…」

「実は今日、ドクター・ゲールの邸を訪ねたのですが、先生の様子がおかしかった。そう。まるで『金の根』を植えられたばかりの人間のように」

「――――」

イザイはすべてを把握しているのだ。

おそらく、レンたちがなにをしようとしているのかも。

「入れ」

イザイが命じると、ドアが勢いよく開いて丸い背の大男が飛びこんできた。

「金髪の男を始末しなさい」

大男がカイルに飛びかかる。カイルは瞬時に身を伏せて丸太のような腕から逃げると男の足に体当たりした。しかし男はわずかに体勢を崩しただけで、そのままカイルへと腕を振り下ろす。握られた拳はまるで鉄球のようだ。それを立てつづけにかわしながらカイルが怒鳴る。

「レン、逃げろっ」

「カイル！」

助けに入ろうとするレンを、イザイが羽交い締めにした。

カイルの反撃は確実に相手の身体に入っているが、もしかすると大男は痛覚が異常に鈍い体質なのかもしれない。衝撃によろつくことがあってもそれだけで、すぐにまたカイルに襲いかかる。

いまやカイルは窓辺に追い詰められていた。大男の両手がカイルの首をガッと摑む。

「やめろ……イザイ、彼を止めてくださいっ」

もがき、懇願するレンの耳元でイザイが囁く。

「あなたが『金の根』を抜いたりしたからですよ。おとなしく人形遊びを愉しんでいればよかったのに、わたくし以外の人間に愛されることを望むなど——失望しました」

カイルの足が床を離れる。

「ぐ、う」

気道を押し潰されて苦しげな音を喉から漏らす。

レンはイザイに囚われたまま全力で身悶えた。

「カイル……カイルっ!!」

我に返ったようにカイルが大きく足掻いた。その足が背後の壁を蹴り上るような動きをする。大男の手がわずかに緩む。レンは希望を覚え——次の瞬間、悲鳴をあげた。

カイルの身体が窓から外へと仰け反るかたちで飛び出したのだ。そのまま、姿が見えなくなる。

イザイが大男に言う。

「三階からでは生きていたとしても、骨折ぐらいはしているでしょう。止めを刺して楽にしてやりなさい」

大男はのっそりと頷くと部屋を出て行った。

絶望に自失しているレンを、イザイがベッドへと引きずり倒した。圧しかかられ、頬を舐めまわされる。

「わたくしからの愛は存分に堪能したでしょう。次は、あなたが愛を示してくれる番です。ようやく眸を宝石化する方法を見つけました。この黒曜石より美しい眸を指輪にしてあげましょう」

イザイの舌が視界に拡がる。眼球を舐められても、レンは力なく目を開いたままだった。もう、あの夏草色の眸と見詰め合えないのだとしたら、視力などいらない。

ぴちゃぴちゃと濡れ音がたち、自分が泣いているのだと知る。

「わたくしは素材を無駄なく大切に使います。両目を抜いたあとは、この身体を加工し、唯一無比の芸術品に仕上げてあげますよ。そのうえで、壊れるまで愛でてあげます。約束します」

その想像でイザイはひどく興奮したらしい。レンの脚に強張った性器が押しつけられる。しかしカイルを喪った衝撃で魂まで麻痺してしまっているレンにとって、これから先、どのように扱われるかということすら、すでに関心の外だった。

「カイル……カイル…………、カイル…」

壊れたように呟く。

自分が彼を巻きこんでしまったのだ。彼と一緒にひとつの目的に向かえることが嬉しくて、これがいかに危険な計画であるかを真剣に考えなかった。

「ああ、その悲愴な表情がたまりません」

イザイの唇が目から唇へと移った。唇を舐められて鳥肌がたつ。それなのに抵抗する力が湧いてこない。

階段を駆け上がってくる足音が聞こえる。あの大男がカイルを殺して戻ってきたのだろう。ドアの蝶番が軋む音がする。

「少し、待っていなさい」

イザイが荒い呼吸とともに大男に命じて、またレンの唇を貪りだす。その腰はさっきから忙しなく振られていた。もうすぐ果てそうなのが、服越しにも感じられた。

ぼんやりと開いたままだったレンの目が、瞬きをした。

イザイの向こう側に幻が見えていた。

金の髪に夏草色の眸の男が立っている。レンはうっとりと微笑む。心が壊れることで幻が見えるのならば、それは幸せなことだ。

「ああ…ああ、レン殿――もう」

絶頂を迎えようとしたイザイの身体が、急にレンのうえから消えた。

カイルの声が聞こえる。

「早く、薬液を！」

レンは雷(かみなり)に打たれたように飛び起きた。

ベッドの横の床に、イザイが俯せに倒れこんでいて、その背中にカイルが覆い被さっていた。カイルの服は何ヶ所も破れ、肌は擦り傷だらけだが、骨折などひどい怪我をしている様子はない。

「早くしろ、レンっ」

「は…はい！」

事態が飲みこめないまま、レンはベッドから降りて持ってきた鞄に駆け寄った。震える手でタオルに意識を失わせる効果のある薬液を染みこませる。そして床に押さえつけられているイザイの鼻と口を覆った。

失神したイザイのうえからカイルが退き、ハーッと息をつく。そのカイルをレンはいまだに幻を見ているかのような心地で凝視する。目が合って、カイルが眉間に皺を立てた。

「お前な、なにあいつに好き勝手させてたんだ」

「え…それは、もうカイルといられないなら、どうでもいいと――」

咄嗟に素直な答えを口にしてしまってから、慌てて詰るように尋ねる。

「三階から落ちて、どうしてその程度の傷なんですか」

「あー、蔦」

「蔦？」

「この建物にはぎっしり蔦が絡みついてるだろ。落ちたときにそれに摑まって、落ちる速度を緩めたんだ。すぐにあの大男が来たんで、物陰から奇襲をかけてやった」

常人にはできない離れ業を、まるでなんでもないことのように話すカイルに、レンは呆れ果て——涙を零した。

カイルがレンの頭を乱暴に撫でる。

「心配させて悪かったな。とっととこいつの処置をするぞ」

「はい」

イザイをベッドに寝かせる。レンは気持ちを整えて手術に集中した。手術を終えてから、ドクター・ゲールのところから持ち出した気付け薬をもちいてイザイの目を覚まさせ、視覚からレンが支配者であることを認識させる。

そうして二度と「金の根」を作らないように命じた。

それからビルが手綱を握る馬車で、カイルを彼の邸に送り届けた。そのあいだ、レンはずっとカイルと反対側に顔をそむけていた。

カイルに気持ちを告げてしまったことと、彼から甘い愛撫をされたせいで、どんな顔をして接すればいいかわからなかったのだ。

カイルはどう感じているのだろう。

それを知るのが怖かった。

カイルの邸の前で馬車が停まる。

「泊まっていかないか？」

尋ねられて、レンは首を横に振った。すると、カイルがそっと手を握ってきた。

「もう泣かなくていいのか？」

からかうでもない、優しい声音だ。

「大丈夫です」と返しながら手を解こうとすると、カイルの手指に力が籠められた。

「明日で、いいのか？」

問われて、レンは瞬きをする。明日――明日も、自分はカイルと会う。そして。

「父の手術は明日やります」

言いながらレンは無意識のうちにカイルの手をきつく握り返してしまっていた。

こんなかたちで親を支配するのは、誰がどう見ても間違った行為に違いない。本当なら言葉と心を尽くして父を説得するべきなのだろう。けれども自分は父にとって、それだけの価値がない。十二年も前に、切り捨てられた存在なのだ。

「レン…」

カイルがそっと身体を寄せてきた。こめかみに唇が触れる。

額が内側からじわじわと温かくなって、レンは震える溜め息をついた。

# 13

ノエル商会本店の前で、父が馬車に乗りこむ。レンはすかさず馭者に手を挙げて走り出すのを止めさせた。そうして車上の父に声をかける。

「仕事の件で、大至急お話ししたいことがあります。少しだけうちに寄っていただけませんか？」

露骨に気の進まない顔をする父に、レンは言い足す。

「バイロン商会を完全にうちに統合する件なのですが」

「……一応、聞くことにしよう」

レンは馭者に自身の邸に行くように指示すると、父の隣に座った。

父は、ドクター・ゲールとイザイの異変にはまだ気づいていないようだ。カイルが「金の根」を植えられてレンの隷属者になっていたことも、いまだに知らない。むしろ長男がバイロン商会を自力で従えたことを面白く思っていないふうだった。レンが成功すればするほど、貴族の婿養子になるのを強要しにくくなるからだ。

そして父以上に、継母はずいぶんと焦れているようだった。自分が腹を痛めた息子に、ノエル商会のすべてを与えたいのだ。

異母弟はいま、大学で学んでいる。彼は七歳から寮生活を送り、長期休暇も最近は友人たちと旅行をして過ごすことが多いため、レンとはあまり接点がない。ただ、そのせいで逆に異母弟は両親からの――特に継母からの影響が薄く、たまに顔を合わせるときはフラットな態度で接してくる。

だから異母弟とふたりで話すぶんには気持ちが楽だった。

しかし家族団欒（だんらん）の場では、自分だけが明らかに異質だった。父と継母が異母弟に向ける眩しがるような眼差し。それが自分に向けられることは、決してない。

馬車に揺られながらレンは考える。

これから父に「金の根」を植えて、自分が支配者になる。「金の根」を二度と利用しないようにと命じ、被害者たちへの処置に協力をさせる。

……しかし、父子としての関係はどうすればいいのか。

父はあの眩しがるような眼差しを自分に向けるのだろうか。偽りの愛情を――子供のころ喉から手が出るほど欲しかった愛情を、自分にそそぐようになるのか。

それはきっと、とても惨めだ。

もしそんなものに溺れたら、愚かで無力な子供に戻ってしまう気がする。意地でも虚勢でも、ここまで積み重ねてきたものがある。自分なりの矜持（きょうじ）があるのだ。では、矜持を守るためにはどうすればいいのか。

「…………」

――わたしのことを、忘れさせればいいか。

支配者になり、自分のことを忘れさせる。それが可能なのかは、やってみなければわからないけれども。

自分にはこれからアフリカ大陸で「金の根」を除去して歩く仕事が待っている。孤独な長い仕事になるだろうが、父の悪行を根絶やしにすることこそが、自分たち父子の正しい関係性のように思われた。

自分が消えて、父と継母と異母弟で完璧な家族になればいい。父が長男のことを忘れて訝しく思ったとしても、継母は逆に嬉しいぐらいだろう。異母弟もしばらくは気にしても、もともと関係が希薄なのだから拘りはしないに違いない。

自由と空虚さとが胸でひしめき合う。

馬車が邸の前庭に着き、レンは予定どおり父をシガールームへと招いた。父にひとり掛けソファを勧めながら、レンはちらと部屋の片隅のキャビネットを見た。そのなかにはカイルが入っている。扉の透かし彫りのあいだから、こちらを見ているに違いない。

「使用人たちはどうした？」

レンが手ずから紅茶を出すと、父がそう訊いてきた。

「ふたりとも、流行り風邪をひいて寝ています」

それは嘘で、計画の妨げにならないように今日はカイルの邸で過ごさせている。

「使えない者たちだな。そもそも、ふたりでは少なすぎる。お前はもっと体裁というものを考えなさい」

「はい、父上」

レンは微笑して、父に葉巻を勧めた。

架空（かくう）のバイロン商会統合の話をしながらレンはじっと父を見詰める。継母と再婚してから父は変わった。レンに対して無関心になり、笑顔を見せなくなった。「金の根」を植える前に、もう一度だけ父の素の笑顔が見たくなって、レンは少し躊躇いながら昔の話を振ってみた。

「昔、母さんの話をしてくれましたよね。わたしの実の母親のことです」

「そうだったか？」

「はい。わたしの七歳の誕生日にも、話してくれました」

それから数ヶ月後に父は再婚し、二度と前妻の話をしなくなった。

懸命に父の表情を読み取ろうとしながら、レンは気づく。

——そうか。わたしは父を許したいのか。

できれば、いま昔の優しい表情を見せてほしい。そうしたらきっと自分は父と心を通わせられる……父に「金の根」を植えずにすむ。

切実に、全身全霊で願う。

父が口を開いた。

「あの女と結婚したのは大きな間違いだった」

頭から血の気が引いていくのをレンは感じる。

言葉以上に、その歪んだ醜い表情に胸を深々と抉られていた。おぞましさ、疎ましさ、無慈悲さ、蔑み。そういった負の感情を煮詰めきった表情だ。

そして理解する。

——この人とは、もう決して心を通わせられない。

自分たちのあいだには血の繋がりしかない。むしろ、血など繋がっていなければ、こんなに傷つけられることもなかったのだろう。こんな男の血を継いでいることが悔しくて惨めで仕方ない。

感情が昂ぶって身体がガタガタと震えだす。視界がぐらぐらして耳鳴りがする。そのせいで、キャビネットの扉が開く音に気づかなかった。

背後から飛びかかってくる男に気づいた父が、驚いて振り返る。その鼻と口を覆うようにタオルが押しつけられた。人の意識を奪う薬液の甘い香りがほのかに漂う。

ソファに父の身体がぐったりと沈む。

レンは虚ろな表情でカイルを見た。耳鳴りの向こうから声が聞こえる。

「レン、もういいな」

訊かれて、身体中の空気が抜けるような息をついてからレンはかすかに頷いた。

カイルが父を抱き上げて客室へと運び、ベッドに寝かせた。ナイトテーブルのうえには手術用具を並べた銀のトレーがすでに用意されている。

レンはメスを手に取ろうとした。しかし手が震えて持てない。手間取っているうちにカイルがメスを手にした。

「言っただろ。サー・ノエルは俺がやる」

「わたしが、やります」

「でも、そんな状態じゃ無理だろ」

震えがどうしても止まらない。

父との先刻のやり取りの衝撃がまだ残っているせいなのか、それとも父の人生を奪おうとしているせいなのか。

「――こんなことを、あなたにさせられません」

「こんなことを、お前はもう二度もやった。今度は俺の番だ」

頑なに首を横に振ると、カイルが顔を寄せて目を覗きこんできた。

「俺はお前と同じことを経験したい。分かち合いたいんだ」

「…………」

「いいな」

寄り添おうとしてくれるカイルの気持ちが、喪失感のただなかにあるレンには、痛いほど沁みた。レンは項垂れるように頷く。

「お願い、します」

「ああ。任せろ」

カイルが父のうえへと上体を伏せた。

切開するためにこめかみにかかる髪を手で除けて、動きを止めた。

「カイル？」

なにごとかと手元を覗きこむ。

「これ――、この傷ってなんだ？」

父のこめかみにある白い十字の傷をカイルが指差す。古い傷なのでよく見ないとわからない程度の痕だ。

「仕事場で階段から落ちたときのものです」

「……そうか」

気を取り直したように頷いて、カイルはその十字のうえにL字形にメスを滑らせた。父の肉体が切られていくのを、レンは拳を握りながら凝視し……そのまま眦が裂けそうなほど目を見開いた。

「――――え？」

めくられた皮の下から、金色の煌めきが覗いたのだ。気のせいかと思って何度も瞬きをするが、煌めきは消えなかった。

「どう…して」

呆然と呟くレンに、カイルもまた動揺を抑えきれない声で答える。

「誰かがお前の親父さんに植えたってことだ。『金の根』を」

確かにそれは「金の根」に違いなかった。埋められている場所も、ドクター・ゲールに教えられた場所に近い。

「――父さんは、誰かに支配されて、いた？」

「そういうことだな」

カイルがふーっと強く息を吐いた。

「とにかく、これを除去する」

わずかに見えている「金の根」にメスで傷を入れたのち、カイルは切開した場所にタオルを押しつけた。レンは懐中時計を取り出して時間を計った。ふたりとも無言のまま五分が経過する。タオルを外すと、「金の根」がずるりと抜けた。

カイルが素早く縫合処置をおこなう。

「気付け薬を使うか？」

「……いいえ。自然に目が覚めるのを待っていいですか？　混乱していて」

「わかった。ソファに座れ」

促されて、レンは客室の長椅子に腰を下ろした。肋骨(ろっこつ)を叩き壊さんばかりに心臓が脈打っている。

カイルが紅茶を淹(い)れて持ってきてくれた。

「大丈夫か？」

レンは震える両手を使ってティーカップを口許に運びながら正直に答える。

「あまり大丈夫ではないようです」

「無理もないな。俺も心臓が飛び出るかってぐらい驚いた」

その言葉を聞いて、紅茶をひと口飲むと、気持ちが少しずつ落ち着いてきた。カイルがなにもかも共有してくれていることが、本当にありがたかった。独りでは、この現実をどうやっても受け止められなかっただろう。

でも、これは事実なのだ。

父の頭には「金の根」が植えられていた。そして、それを除去した。

そう、除去したのだ。いまになって、それがなにを意味するかということに思い至る。

「……父は『金の根』が入っていた期間の記憶を喪ってしまうんですね」

「親父さんのあの傷は、何年前にできたものだ？」

「正確には思い出せませんが、わたしがまだ子供だったころです」

「そんな昔から『金の根』は存在してたのか…」

「ドクター・ゲールのところにある実験資料で、もっとも古いのは二十年ほど前のものでした。ただ当初、『金の根』は作ることも作動させることも、非常に難しかったようです。安定して使えるようになったのは七年前のことです」

　カイルが唸る。

「親父さんは実験段階で植えられたわけか。リスクが高かっただろうに」

「でも、いったいなんのために」

「イザイはノエル商会を利用して、『金の根』をもちいた大がかりな人体実験と人身売買をする計画を、当時から立ててたのかもしれないな」

　父のほうから計画を持ちかけてきたとイザイは言っていたが、レンを煙に巻くためのの嘘だったのだろうか。

　イザイとドクター・ゲールの非人道的な計画のために父が隷属させられてきたのかと思うと、レンは激しい憤りを覚えた。そして、そんな自分に驚く。母を全否定されて父との絆は完全に切れたと感じたのに、まだ気持ちは動くらしい。

「父はどうなってしまうんでしょうか……長い時間の記憶を完全に喪って」

　そう呟くと、カイルが意外な言葉を口にした。

「完全には喪わない」

「……、どういうことですか？」

「俺は実体験してるからな。確かに初めのうちは『金の根』を入れられている期間のことをなにも思い出せなかった。でも、段々と——そうだな。夢で見たことを思い出すみたいに、ふっと思い出すようになってきたんだ」

「——」

カイルが照れくさそうに視線を逸らした。

「だから、お前とのことも、いろいろ思い出してきた」

ただでさえ父のことでいっぱいいっぱいなのに、頭も感情も追いつかない。

「それでな。その思い出した記憶のなかの俺は、やっぱり俺なんだ」

「意味が、わかりません」

混乱のあまり素っ気ない言い方になる。

「説明が難しいな。だから要するに、俺はお前を本当は甘やかしたくて、それがそのまま出ていただけだと言えば、わかるか？　お前がイザイと手を組んでると勘違いしたせいで出せなかった部分が、素直に出たわけだ」

「……」

なんとか理解しようと努めていると、カイルが不愉快（ふゆかい）なことを思い出す顔になる。

『金の根』にノエル商会が関わってると知って、お前のことが気がかりでたまらなかった。それなのにまんざらでもない顔でイザイに手にキスされてたからな。正直、腸が煮えくり返った」

　ふーっと大きく息をついてから、カイルが夏草色の目を細めた。

「お前と同じ世界を見たくて貿易商になったのも本当だし、お前に自動車の運転のコツを教えたいのも本当だ。ほかの『金の根』を植えられた奴はまた状況が違うだろうが、俺はなんの矛盾もなくお前のものになってた――十何年も、お前のことを忘れられなかった男だからな」

　こんな告白をされて、どんな表情をすればいいというのか。

　無表情のまま、瞬きするたびに目から涙が零れる。

　カイルが頭を撫でてくれる。

「『金の根』を入れられても人格や性格は変わらないってのはそういうことだ。支配者がその部分まで介入すれば話は別だろうが、それでも記憶が消えるわけじゃない。だから、親父さんのこともそんなに思い詰めるな」

　もう堪えられなくて、レンは無言のままカイルの首に両腕を回して抱きついた。

　嗚咽に震える身体をカイルが温かく包んでくれた。

朝方になって、父は目を覚ました。

ベッドの横の椅子に座ってまんじりともせずに過ごしたレンは、そっと声をかけた。

「父さん」

父の明るい茶色の眸がレンに向けられる。訝しむ表情がその顔に拡がった。

「どなたですかな？」

「レンです。あなたの息子です」

「うちの息子はまだ七歳になったばかりですが」

そこまで記憶が遡る(さかのぼ)ということは、「金の根」をその時期に植えられたのだ。

「それはもう十九年も前のことです。父さんはその――一時的に記憶を喪っている状態なんです。徐々に記憶も戻りますから」

しばし父は考えこむ表情をしていたが、レンを改めてしみじみと見てから呟いた。

「確かに君は、亡くなった妻によく似ている」

「……そう、ですか」

昨夜、父は間違った結婚だったと母のことを切り捨てた。胸が痛みに軋む。

力なく目を伏せようとしたレンの手に、父の手が触れてきた。手の甲をそっと掌で包まれる。驚いて目を上げると、そこには懐かしい表情があった。

やわらかな、息子を慈しむ父親の顔。

「――……とう、さん」

胸が内側からわななないた。もう二度と、この表情が自分に向けられることはないと諦めていたのだ。

「よく、立派に育ってくれたな。しばらく迷惑をかけることになりそうだが、よろしく頼む」

レンはもう片方の手を、父の手の甲に載せた。震える声で、でもしっかりと答える。

「はい、父さん」

この関係はいまだけのものなのかもしれない。少しずつ記憶が戻っていけば、また父との関係は冷たいものになるのかもしれない。

それでも、自分と母を肯定してもらえたことが、本当に嬉しかった。

突然十九年の時間を飛ばした父はひどく混乱している様子だったので、その日はレンの家でゆっくり休んでもらい、夜になって自宅へと送り届けた。

レンが父とともに帰ると、継母は疎ましげに眉を非対称に歪めた。

「お帰りなさい、あなた」

「継母様、実は父は頭を打って記憶が混乱しているのです」

そう説明するレンの声に、父の怒声が重なった。

「なぜ、お前がうちの邸にいるのだっ⁉」

「と、父さんっ？」

サー・ノエルが震える指で継母を指差した。

「レン、この女に近づいてはいけないぞ。この女はわたしの妻のことを――お前の母親のことを、悪し(あ)ざまに罵ったのだ。汚らわしい異教徒だと！」

継母の顔がみるみるうちに蒼白になっていく。

「な、なにを言ってらっしゃるの、あなた。あなたの妻はわたくしよ。ほら、よくご覧になって」

視覚認識させるように、継母が父に顔を近づけた瞬間、レンは雷に打たれたように察したのだった。

「あなた……だったんですか」

継母が凄い目で睨みつけてきた。

「お前、この人になにをしたのっ？」

彼女のことを父が腕を振るって床に薙(な)ぎ倒した。

「この女がわたしの妻であるはずがない！　わたしの前に二度と現れるなと言ったはずだ。……それなのに、あの日、この女はわたしの馬車を止めて――乗りこんできて……」

それはおそらく、十九年前の最後の記憶だったに違いない。

継母は父をドクター・ゲールのところに連れて行き、まだ不安定だった「金の根」を一か八かで植えさせたのだ。そして支配者となって妻の座に収まり、日々干渉(かんしょう)しつづけ、父の人格や性格まで書き換えていったに違いなかった。

――父さんの母さんへの気持ちも、書き換えたんだ。

レンが冷ややかな侮蔑の眼差しを向けると、継母が床から跳ね起きて立ち上がった。エントランスホールにずらりと並んでいる使用人たちに言い聞かせるように、大声で喚(わめ)く。

「夫は頭を打って錯乱(さくらん)しているの。それなのに親不孝な長男が、でまかせを吹きこんでさらに混乱させてしまったようね。汚らわしい異教徒の血を引くだけのことはあるわ！」

その声が次第にヒステリックに甲高くなっていく。

「これからすぐにドクター・ゲールのところに夫を連れて行くわっ。すぐに元に戻してさしあげますから」

レンは父の前に立って継母を退けながら、静かな声で教えてやる。

「もう二度と、父があなたに支配されることはありません。諦めなさい」

「なによ、どういうこと？」

目の前にいるのはすでに聖女様と称されてきた慎み深い女ではなかった。魔女そのものの形相(ぎょうそう)をしている。これがこの女の本性なのだ。

「忌まわしい秘術は、わたしが封じました。二度と使えません」

「――なにを言っているの……なにを言っているの……なにを」

「あなたはもう、おしまいということです。継母様」

継母が自身の頭を両手で掻き毟る。結い上げた髪が崩れていく。

「なにを言っているの……冗談じゃない」

シニョンを留めていた棒状の髪飾りを握り締めたかと思うと、継母がレンに飛びかかってきた。

「お前はわたくしがやっと手に入れた幸せを壊したのねっ」

継母の握った髪飾りの先端がレンの首筋へと近づく。

咄嗟にかわそうとしたが、自分が避けてしまえば背後の父が犠牲になるかもしれない。

レンは身をよじって父を突き飛ばして遠ざけた。

側頭部の髪を継母に鷲摑みにされる。必死にもがくと髪が抜ける熱い痛みが起こった。

髪飾りを握った女の手がふたたび振り上げられる。

「豊かなジョージ・ノエルとの結婚で、わたくしはやっとお母様から一目置いてもらえたの！　失えば、またわたくしはお母様に支配されて雁字搦めにされてしまう…っ」

エントランスホールが使用人たちの悲鳴に満たされるなか、正面玄関の扉から弾丸のように飛びこんできた男が継母に体当たりした。

レンは大きくよろけながら、床に叩きつけられた継母のうえにカイル・バイロンが馬乗りになるのを見る。

「助けて、イザイ――イザイっ」

継母が獣のように暴れながら、ここにはいない錬金術師へと懇願した。

「あなたがわたくしを救ってくれたの。アレを使えば、わたくしを否定したジョージ・ノエルを理想の夫に作り変えられると教えてくれた。そのとおりだったわ。だからわたくしは、あなたの研究にノエル家の資産を横流しして、あなたに尽くしたでしょうっ……それなのに、こんなの酷い…酷いわ」

細い身体を仰け反らせながら叫びつづける。

「わたくしは身体を売ってまでお金を掻き集めて、アレをジョージ・ノエルに植えた！　そうしてあの息の詰まるお母様との生活から抜け出したの！　なにが悪いっていうの？　誰がわたくしを責められるっていうの？　……悪いのは、わたくしを苦しめつづけた神じゃないのっ……神……、ああ、天にましますわれらの父よ！　わたくしはあなたの与えたもうた試練を乗り越えただけなのですっ――そうよ。わたくしは、わたくしは神に勝ったのよ!!」

凄まじい哄笑が彼女の口から溢れだす。

その手から髪飾りが落ちて床に転がった。

いつも継母が使っているものだ。質素な黒い棒状のそれの先端はやたらに尖っている。

そのように特別に加工したものなのだろう。
彼女はいつも髪のなかに人を殺せる凶器を忍ばせて暮らしていたのだ。
自分の母に、前妻の影に、犯した罪に怯えながら。
……だからといって彼女に寄せる気持ちはない。同情も憐れみもない。
ただ、これまで見てきた継母よりは「人間」であるように感じられた。

14

実家の騒動を治めてから、カイルとともに自分の邸へと戻った。家事使用人たちはいまだカイルの邸に預けたままなので、エントランスホールに入っても出迎える者はなく、邸内はシンとしている。

張り詰めていた気持ちが一気に解けて、レンはひとつ大きく息をついた。そして、まだカイルに礼を言っていなかったことに思い至る。

「来てくれていたんですね。本当に助かりました」

「ああ。親父さんの頭の『金の根』には、お前の継母が関わっているんじゃないかと思ったんだ。だとしたら厄介だから、別働であとを追った」

「彼女が関わっていると、どうして？」

「そもそも十二年前から、お前のところの継母は気に食わなかったんだけどな。お前の母親を否定してただろ。それがサー・ノエルがシガールームで前妻のことを否定したのと重なって、もしかすると『金の根』で後妻に支配されているんじゃないかと考えた」

「……そういうことだったんですか」

「お前にはいろいろとショックだっただろうな」

素直に打ち明ける。

「少し、疲れました」

すると外套を脱いだカイルがシャツの袖を捲った。

「じゃあ元気が出そうな食い物を俺が作ってやる」

今日は朝も昼もカイルの手料理だったのだが、各国を回りながら自炊もよくしていたというだけあって、腕前はなかなかのものだった。

大きな仕事が一段落して安堵したのと、料理への期待感で、レンの胃は慎みのない音で鳴いた。

イタリア風のトマトとチーズたっぷりのパスタに、ワインで煮た肉料理、それに野菜がごろごろと入ったスープ。どれも見た目はまったく気取っていないが、ハーブの配分も絶妙で食べる幸せを満喫(まんきつ)できるものだった。

三つの気の重い仕事を終えた解放感に浸(ひた)りながら、食堂からシガールーム、シガールームから寝室へと場所を変えつつ、ふたりともワインがよく進んだ。途中、酔い醒ましだとバスルームをそれぞれ使い、それからまた寝室で飲み――気がついたときにはレンは素肌にまとったナイトガウンもはだけた状態でベッドに倒れていた。隣を見ると、カイルもまた大差ない状態で眠りこけている。

その寝顔をレンは、満たされた気持ちで眺める。

――「金の根」を植えられていたときのカイルも、本物のカイルだった。

夢のなかのもののように甘い視線も言葉も行為も、どれも偽りではなかったのだ。それが本当に、たまらなく嬉しい。

『十何年も、お前のことを忘れられなかった男だからな』

その告白を思い出すともう嬉しすぎて、眺めているだけでは足りなくなった。

レンはそっと身体を近づけて、寝息を漏らす唇に口づけた。軽く重ねているだけで後頭部から痺れが拡がり、項が熱くなる。

「金の根」で支配しているときは頭の片隅に、カイルを都合のいい人形扱いしているという罪悪感が張りついていた。

でもそれもいまや完全に溶け消えた。

弾力のある唇をうっとりと啄んでいるうちに、レンの息は乱れだす。すっかり欲求が高まってしまっていた。身体を下にずらして、カイルの乱れたナイトガウンの裾をそろりとめくると、たっぷりした肉の棒が現れる。

カイルの顔をちらりと見る。相変わらず熟睡(じゅくすい)している。

――少しだけ……。

ペニスのあちこちに唇を押しつけてから、舌を出してちろちろと細かく舐めだす。

「う…」

カイルが声を漏らすから慌てて口を離したが、顔を窺うとまだ眠っているようだった。安心して、また性器を舐めだす。どうすればカイルが悦ぶかは、何度もしたことがあるから熟知している。舌を出しっぱなしにしたまま、根本から先端へとツツ…と舐め上げる。裏側の張りがひと舐めごとに強くなっていく。

括れを乗り越えて先端に舌先で触れると、ぬるぬるした蜜が絡みついてきた。馴染んだいやらしい感触と味に、レンは陶然となり、いつしか行為に没頭してしまっていた。

勃ち上がったものを先端から口に含んでいく。うえの粘膜をいっぱいに満たされながら、自分のナイトガウンの裾を大きく捲って臀部を露わにする。そうして、背後に手を回し、背骨のおしまいの骨に触れた。

「ん――ン…ー」

尾骶骨をコリコリといじりながら、唇の輪でペニスを扱く。

「――すごいな」

ふいに声が聞こえた。レンは見開いた目をカイルの顔へと向ける。

快楽と笑いに眇められた目が自分をじっと見ていた。いったいいつから目を覚ましていたのだろう。あられもない姿を晒してしまって恥ずかしいのに、レンは口淫と自慰めいた動きをやめられない。

カイルが呻き混じりの声を漏らしてから訊いてくる。

『金の根』が入ってる俺に、いつもこんなことをしてたのか？」

あの二ヶ月間のことを思い出しつつあるものの、この部分はまだ思い出せていないらしい。レンは男を咥えたまま頷いて肯定する。

「レンがこんなにいやらしかったとはな」

にやけ顔で言いながら、カイルが上半身を時計の針のように横にずらした。そしてレンに自身の顔を跨がせ、腰を下ろさせた。

剝き出しの臀部を撫でまわされ、尾骶骨の尖りにキスをされる。くすぐったさに身をよじると、ペニスを摑まれた。

「もうこんななのか」

根本から先端まで、反り返ったものを扱き上げられる。先端を握られると、先走りがたらたらとカイルの胸元に垂れた。尾骶骨を舌でクニクニと舐められてはしゃぶられる。

「ふ…、む、ぅ…う」

男を頰張りながらレンは喘ぐ。

二点を責められるだけでも限界なのに、カイルの指が後孔をいじりだす。あられもなくヒクつく襞のなかに親指を挿れられた。

もう口淫する余裕すらなくなる。

「あ――ぁ…ぁあ」

カイルの胸にどろっとした白い粘液が散っていく。
レンの下から身体を抜いたカイルがナイトガウンを脱ぎ、ぐったりと俯せになっている
レンのガウンも脱がせる。そして背中に覆い被さってきた。
カイルの熱を孕(はら)んだ重たい身体に押し潰されて、レンは深くて甘い吐息をつく。
尾骶骨に硬いペニスを擦りつけられて、自然と腰が浮き上がってしまう。伏せたまま膝
立ちになると、後孔を亀頭で詰られる。
キュッと襞が締まっては、わななく。その動きが次第に速くなり、男を求めて忙しなく
喘ぎだす。
「——こんな身体にしたのは、俺なのか」
カイルが呟きながら急に腰を沈めてきた。
「ぁあああぁ」
内壁を抉じ開けられて深々と繋がれていきながら、レンは腰を跳ねさせた。果てたばか
りの性器がジンジンして、白濁まじりの先走りを糸を縒(よ)りながら垂らしていく。
太すぎるものが途中で粘膜に阻まれて進まなくなる。レンは焦れて、ベッドについた膝
を開いて男が挿入しやすい角度に腰を上げた。結合がふたたび深まりだす。
「奥に……奥に、来てます」
波打つ深い場所を犯されて、レンは肩越しにカイルを振り返りながら口走る。

「ああ、凄い――凄いです。なかで、ドクドク……してます」

もう少しで根本まで埋まるというところまで来たのに、カイルが突然、腰を引きだした。内壁をずるずると擦られてレンは激しく首を横に振って抗議する。

「や、だぁ、抜いたら」

懸命に体内を締めて閉じこめようとすると、よけいに摩擦が激しくなる。狭まった蕾から力ずくで張った部分を引き抜かれて、下半身が震えながらベッドに崩れる。

仰向けに身体を転がされて、両膝の裏に手を差しこまれた。淫らに開かされた脚のあいだにカイルのいきり勃ったものが寄せられる。ふたたび挿入されながら、レンのペニスは歓喜に身悶えた。粘膜が男に絡みつき、奥へ奥へと連れこもうとする。

カイルが息を荒らげながら呟く。

「嫉妬で頭がおかしくなりそうだ」

今度は根本までもらえて、レンは紅潮した顔をうっとりとほころばせながら尋ねる。

「……嫉妬、って……、ぁ、そこ、…いい、そこ」

「っ」

カイルの眸の翠色が深くなる。

「いくら俺自身でも、お前の身体をここまでにしたなんて、嫉妬するに決まってるだろ」

「え…あっ、そんな――強く、したらっ」

レンの身体が絶頂感に痙攣しだす。射精こそしていないものの、快楽に頭のなかも身体の芯も煮えていた。

細部までの記憶は戻っていないのだろうが、それでもカイルの身体は自然とレンがもっとも感じるように腰を回しては振りたてる。幅広の手が首筋や胸を這いまわり、指が乳首を弾き上げる。

「こうされるのが好きなのか」

レンは小刻みに頷く。

「俺にここをどうされるのが一番好きなんだ？」

答えたくないのに、口が動いてしまう。

「舐めて――しゃぶられる、のが、好きです」

恥ずかしい告白をした甲斐はあった。カイルが胸に顔を伏せてくる。乳首を熱く濡れた舌に叩かれると、身体の奥が締まってうねる。

「ぁ、ん…、いぃ…いい…っ」

すると、カイルが怒ったみたいに舌先に力を籠めて粒をきつく詰りだした。そのまま体内を激しく突かれて、レンはカイルの肩の後ろを引っ掻く。

「は…っ、はぁ…ぁ、ぁ、あ」

「そのまま俺の肩に摑まってろ」

そう言ったかと思うとカイルがレンの腰をかかえて身体を起こした。抱きついているレンは男の腰に座るかたちになる。繋がる角度が変わり、深度が増す。

両手を肩から外させられて、カイルが仰向けに上体を倒した。

男に跨がっている姿を、下から眺められる。

「こんな体位もしたのか？」

「……」

レンは項垂れるように頷く。

しかしそれはカイルがいまみたいにして誘導したのだ。初めは淫らすぎて嫌だと思ったのに、いまではもう――腰が勝手に動きだしてしまう。

腫れたペニスを根本から揺らしながら男のうえで腰を振る様子をカイルに嫉妬交じりの視線でねっとりと見詰められる。その眉根が寄って、厚みのある胸部が喘ぎ、腹部の筋肉の流れがくっきりと浮き立つ。低い声で喘ぎながら、カイルが呟く。

「うますぎ、る…っ、ん…ぁ、あ」

褒められたのか非難されたのかわからないけれども、カイルが感じてくれているのが伝わってくる。体内の陰茎がドクドクと脈打ちながら、さらに硬く膨張していく。そして下から激しく突き上げてきた。

「ひ、ぃ、…あ、無理、です――もう…」

「孔の奥をちゃんと拓いて受け入れろ」

そう言ったかと思うと、カイルがひと際強く腰を跳ね上げた。レンは思わず俯いて自分の腹部を見詰める。

「ぁ、なか、に」

「っく――う、…うっ」

精液を噴き上げられながら、レンもまたペニスをくねらせて白い粘液をたらたらと零していく。

自分の下でカイルが何度も筋肉を張り詰めさせ、それから全身を弛緩させた。その身体のうえにレンも俯せに身を伏せる。

逞しい腕でレンを抱き締めながらカイルが愚痴(ぐち)った。

「お前を抱いた奴を全員、ぶちのめしてやりたい気分だ」

レンは笑いに身を震わせる。

「それは全部、カイルじゃないですか」

「ああ。自分をぶちのめしたい。やりたい放題しやがって」

かなり本気で自分自身に嫉妬している男が愛(いと)しくて、レンはさらに文句を言おうとする唇に、唇を押しつけた。

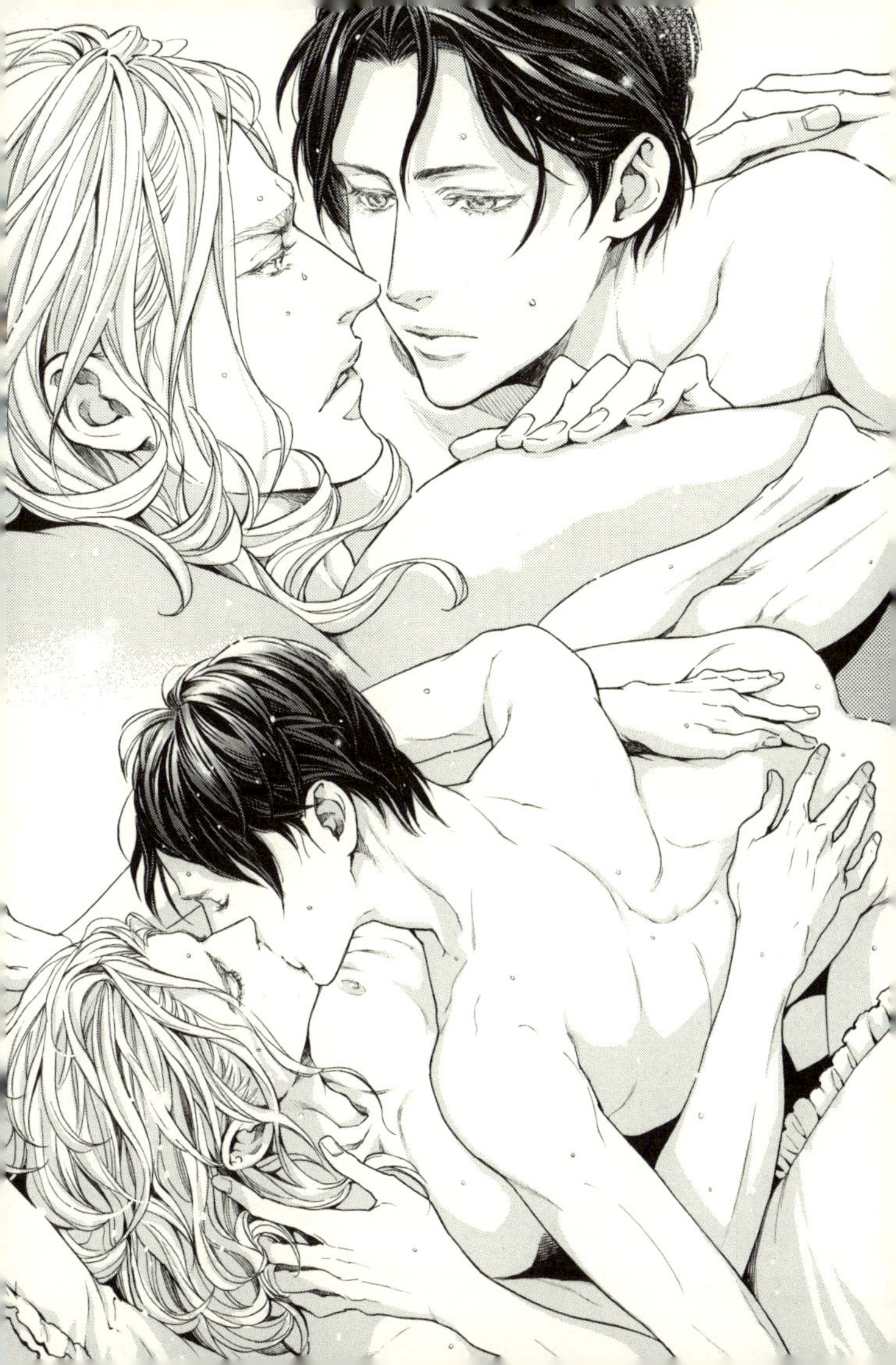

日曜礼拝を終えた紳士淑女(しゅくじょ)がさんざめく川沿いの並木道を歩いていく。マロニエの木々は葉を沈んだ赤茶色に染め、足許に棘(とげ)のある実を落としている。

レンはカイルと並んで、ゆっくりとした足取りで歩いていく。

「この道を歩くのは久しぶりです。子供のころは日曜ごとに通っていましたが」

カイルが対岸の道を指差す。

「俺はあっちの道をよく歩いてた。お前のことも、何度か見かけた」

レンは驚いて瞬きをしたのちに微笑した。

「この髪と肌の色が目についたんですね」

「初めに目がいったのはそのせいかもな。可愛いのに寂しそうで、胸に引っ掛かった。だからお前が攫(さら)われてきたときは正直、驚いた――けっこう頑張ったけど、お前は落ちなかったな」

本当は、あの誘拐されたときにはもう、恋に落ちていたのだと思う。彼に光を見て、彼と一緒に行きたいと願った。

でも自分は継母に雁字搦めに縛られ、自信というものを完全に喪っていた。誰かと一緒にいたいと願い、それを叶えられると思えるのには、多少なりとも自分を価値あるものと感じる心が必要なのだ。

あの時に言えなかった言葉を口にしてみる。

「『僕を連れて行って』」

「え？」

「誘拐されたのに、そう思っていたんです。あの苦しい家には帰りたくない。カイルと行きたいと」

「――」

「もしそう頼んだら、連れて行ってくれましたか？」

カイルが考えこむ顔をしてから、答えた。

「わからない。連れ去りたいって気持ちと、一緒に来たら死ぬ確率が高いってことを秤にかけて、悩みまくっただろうな。……実際、あの頃の仲間の多くが捕まって首を吊られたり病死したりして、数年のうちに死んでいった。うちの親父も含めてな」

「……そう、だったんですか」

「仕方ない。盗賊だったからな。でもそんな生活をお前には送らせたくなかったから、やっぱり連れて行かなかっただろうな。連れて行っても、途中で家に戻してた。お前の継母は壊れてたが、それでも裕福な家にいればそれだけで生き長らえるチャンスは増える」

継母は――すでに父は離婚したので、レンとは他人になったわけだが――いま精神病院に入っている。彼女はずっと神への祈りを呟きつづけているという。そして時折、厳格な母の亡霊を見ては錯乱状態に陥るのだそうだ。

しかし彼女の血を引くレンの異母弟が極めて健やかに育っていることは、せめてもの救いだろう。七歳から寄宿生活を送ったことで、母の呪縛に囚われずにすんだのだ。

もしかすると継母も厳格すぎる親から逃れるまっとうなすべがあれば、あそこまで病むことはなかったのではないだろうか。時間は巻き戻せないから、考えても詮ないことだけれども。

「でもレンは、家に戻ってからやっぱりつらそうだったな」

「確かにつらかったですけど――まるで見ていたような言い方ですね」

しまったという表情を浮かべてからカイルが白状する。

「実は、お前を家に戻してから、ときどき様子を見に行ってた」

「……え」

拉致から解放されてからしばらくのあいだ、レンは夏草色の眸にどこかから見られているような感覚によく囚われた。それを願望による錯覚だと思いこんでいたのだが、あれは本当にカイルの視線だったのだ。

「気にかけてくれていたんですね」

「気になってしょうがなかった」

　笑みを交わしあってから、レンは語った。

「変な話ですけど、誘拐される前よりは楽になった部分もありました。継母の言葉を鵜呑(うの)みにしなくなりましたから。ただ……自分に一ペニーの価値もないと知ったのは、かなりショックでした」

「一ペニーの価値もないって、どういう意味だ？」

「父が身代金を払わなかったという意味です」

「ああ。でもそれは親父さんがあの女に支配されていたせいだろう。いまの親父さんを見ていれば、息子のために全財産でもなげうったはずだとわかる」

　父は「金の根」を植えられていた最中の記憶を少しずつ取り戻しつつある。そしてレンに涙を流しながら謝った。レンもまた、父の真心を知ることができて涙を止められなかった。

「それにしても、バカだな、お前は」

　カイルが目を細めながら言う。

「お前に一ペニーの価値もないなんて、そんなことあるわけないだろ」

　夢のなかで何度もカイルが言ってくれた言葉。

　それをそのまま言われて、レンは驚きとともに懐かしいような心地になる。

「その言葉に、慰められます」

するとカイルが真顔で打ち明けた。

「慰めじゃない。お前を家に帰すために、俺は盗賊仲間に持っているすべての金目のものを——それこそ一ペニーも残さずに配った。でも俺は少しも惜しいなんて思わなかった」

自分を家に帰すためにカイルが尽力してくれたなどと、思ってもいなかった。

「そう…だったんですか」

立ち止まってしまうと、カイルが手首をそっと摑んできた。引っ張られてまた歩きだす。

「親父にも盗賊団を継ぐと約束させられたしな。……まあ、その約束は親父がいまわの際に取り消したけどな」

「お父さんのほうからですか？」

「ああ。『俺が死んだら、そこからはお前自身の人生だ。思うように生きろ』ってな」

「……愛されていたんですね」

照れくさそうにカイルが口角をわざと下げる。

「まあ、そこそこな」

右手に橋が現れた。

昔は木製のこぢんまりした橋だったが、いまは石造りの立派なものに架け替えられていた。橋を支えるアーチが川に映りこんでいる。

「あそこの橋を渡って、誘拐されたんです」

レンは懐かしむ声で教えると、カイルより半歩先を歩いて橋へと踏みこんだ。

真ん中のあたりで立ち止まり、いま来た道を見返るかたちで欄干（らんかん）に肘を置く。カイルも並んで横に立った。

右の岸には豊かな人びとが住み、左の岸には貧しい人びとが住んでいる。それはいまも昔も変わらない。でもかつて違う岸にいた自分たちは一緒にいる。

この橋が幅広の力強いものになったように、そうやって少しずつふたつの世界がなだらかに混ざっていけばいいとレンは思う。

「──カイル」

「ん？」

「わたしは来週、イギリスを離れます」

数秒の空白ののち、カイルが凄い力で肩を摑んできた。

「聞いてないぞ。どういうことだっ」

「話さないで、すみませんでした。新たな『金の根』の被害者が出ることは、もうありません。でもこれまでに植えられた人たちはそのままです。ドクター・ゲールのところで『金の根』を植えられた元医大生たちはアフリカにいます。彼らを訪ねて、その頭から『金の根』を除去し、彼らによって植えられた人たちからも除去しなくてはなりません」

ドクター・ゲールが個人的な依頼で植えたものの除去は、この二ヶ月で終わった。重大な脳疾患（のうしっかん）が起こるということにして、ドクター・ゲール自身に話を進めさせたためにスムーズに運んだ。

アフリカの元医大生たちには、支配者として設定されている父から、レンの指示に従うようにという手紙を書いてもらった。父の写真を見せて視覚認識させながらそれを読ませれば、彼らは従ってくれるだろう。

「気が遠くなるような地道な仕事になりますが、かならず成し遂げます」

カイルが怒ったのと呆れたのが混ざった表情で、深々と溜め息をついた。

「ここでの生活も気に入ってたけど、仕方ないな。まあ、アフリカ大陸も悪くない」

「いえ、行くのはわたしだけです。カイルはせっかく貿易商になったのですから――」

頬を潰すように顎をぐいと摑まれた。

「あのな。俺はお前と同じ世界を見るためにここまで来たんだ。お前がアフリカに行くなら、俺の世界もそこってことだ」

「――――」

唖然（あぜん）としているレンの顎を、カイルが揺らす。

「俺を連れて行け。いいな」

頭が揺れてトップハットが滑り落ちた。川に落ちようとするそれを、慌ててキャッチする。レンはしばしトップハットのつばで顔を隠してから、濡れそぼった目でカイルを見上げた。

夏草色の眸が、力強く煌めいている。

この光にずっと、見ていてもらいたい。

レンは自分の舌に糸切り歯を当てて力を籠めた。痛みとともに血の味がほのかに拡がる。

トップハットで川沿いの道を歩く人びとの視線を遮りながら、甘く訴える。

「……舌が痛いんです」

カイルが瞬きをしてから、明るい笑みを顔中に拡げる。

トップハットの陰で、レンは与えられた舌に思うましゃぶりついていった——。

# あとがき

こんにちは。沙野風結子(さのふゆこ)です。

Ｓｐｌｕｓｈ文庫さんでは初めてのお仕事です。よろしくお願いいたします。

ネタバレありのあとがきなので、本文読了後にどうぞ。


今回は英国ヴィクトリア朝末期を背景にしてみました。特殊設定なのでなんとなくヴィクトリアンなエセ背景で行こうかとも思ったのですが、ついつい資料を読み漁り、それなりにヴィクリトアンな感じになりました。この時代は小物のひとつひとつまで目が楽しくて、イラストや写真を見ているだけで引きずりこまれます。また書いてみたいです。

さて、キャラのほうですが、ノールールな攻と、病的なほど厳格に育てられた受という組み合わせ。レンは心も身体もガチガチすぎて、カイルのいいようには転がりません。

カイルは盗賊上がりではあるものの、前へ前へとエネルギーを向けて自由に進んでいける逞しい人。

レンのほうはいろいろとありすぎて、こじらせまくってます。カイルと再会しなかったら、功利的で偏屈な人間になっていたことでしょう。しかしそれ以前に、誘拐されてカイルに出逢わなかったら、生きていくエネルギー自体が枯渇していたかも。

夢のなかでカイルと逢うことで、なんとか生きつづけるエネルギーを補給していたのではないかと思うのです。

そして、イザイ。イザイご執心の目玉指輪は絶対に変だろうと言いたい……。

本文に入らなかった設定として、イザイはレンの継母から何度もレンにも金の根を植えるようにと頼まれるのですが、意思のあるレンを気に入っているので断っていたのでした。金の根による支配では真に満たされることはないとわかっているのだろうと。

しかしイザイは明らかに変な人なのですが、イラストの彼があまりにも妖しい魅力を漂わせていて、もしかしたら素敵な人なんじゃないかと、ときめいています。笑。

タイトルの「閨盗賊」。閨（ベッド）でレンの心身を盗んだのはカイルですが、そもそも初めに攫われてきたときにレンもカイルのベッドの片隅と気持ちを盗んでいるので、どっちもどっちです。


イラストをつけてくださった小山田あみ先生、いつも拙作に力を与えてくださって、ありがとうございます。キャララフからしてもう宝箱行きです。そして表紙がまた重厚で美しく（イザイ様…）、この話を書いてよかった！という幸せ感と、この表紙に合う内容が書けているのかというプレッシャーとを、高速で行き来しています。

担当様、いつも他社さんでお世話になっていますが、こちらでも端的に押さえるところを押さえた手綱捌きをしていただき、原稿を仕上げることができました。

そして、この本を手に取ってくださった皆様、本当にありがとうございます。楽しんでもらえる部分があるか、毎度ドキドキです。

自分が本を読んでいて、気に入ったシーンを読み返したり思い返したりするのが幸せなので、そういう部分を作っていけるように励みたいです。

＋沙野風結子＋

＋風結び＋　http://blog.livedoor.jp/sanofuyu/

Splush文庫

この本を読んでのご意見・ご感想をお待ちしております。

◆ あて先 ◆

〒101-0051
東京都千代田区神田神保町2-4-7 久月神田ビル7階
㈱イースト・プレス　Splush文庫編集部
沙野風結子先生／小山田あみ先生

# 閨盗賊


2016年7月21日　第1刷発行

| | |
|---|---|
| 著　者 | 沙野風結子（さのふゆこ） |
| イラスト | 小山田あみ（おやまだ） |
| 装　丁 | 川谷デザイン |
| 編　集 | 藤川めぐみ |
| 発行人 | 安本千恵子 |
| 発行所 | 株式会社イースト・プレス<br>〒101-0051<br>東京都千代田区神田神保町2-4-7 久月神田ビル8階<br>TEL 03-5213-4700　FAX 03-5213-4701 |
| 印刷所 | 中央精版印刷株式会社 |




ISBN 978-4-7816-8602-8
定価はカバーに表示してあります。

Splush文庫

# 君を一人にしない
# 執事と二人目の主人

不住水まうす

イラスト 旭炬

高宮グループの御曹司である高宮樹にはふたつの秘密があった。ひとつは父の実子でないこと。もうひとつは同性愛者であること。

そのため樹は人と深く付き合うことを避けてきたが、亡き祖父の執事である津々倉が押しかけてきてから調子が狂い始める。愛想が悪く、しかも同居同然の津々倉に振りまわされる毎日だったが、いつしかその気持ちは変化していく。しかし津々倉にはある目的があって——!?